T0283866

Adiós a la Tierra

Títulos de Isaac Asimov

Adiós a la Tierra y otros relatos

Trilogía del Imperio
Incluye: *Polvo de estrellas, Las corrientes del espacio* y *Un guijarro en el cielo*

Trilogía de Fundación
Incluye: *Fundación, Fundación e Imperio* y *Segunda Fundación*

Saga de los Robots 1
Incluye: *El robot completo*

Saga de los Robots 2
Incluye: *Bóvedas de acero* y *El sol desnudo*

Relatos completos 1
Incluye: *El joven Asimov* volúmenes 1, 2 y 3

Relatos completos 2
Incluye: *Al estilo marciano y otros relatos, Con la Tierra nos basta* y *Nueve futuros*

Relatos completos 3
Incluye: *Los casos de Asimov* y *Anochecer y otros relatos*

Lucky Starr 1
Incluye: *David Starr, patrullero del espacio, Lucky Starr y los piratas de los asteroides* y *Lucky Starr y los océanos de Venus*

Lucky Starr 2
Incluye: *Lucky Starr y el gran sol de Mercurio, Lucky Starr y las lunas de Júpiter* y *Lucky Starr y los anillos de Saturno*

En preparación

Saga de los Robots 3
Incluye: *Los robots del alba* y *Robots e Imperio*

Isaac Asimov

Adiós a la Tierra y otros relatos

Traducción de

Manuel de los Reyes

Título original:
Gold: The Final Science Fiction Collection
Traducción de Manuel de los Reyes

Ilustración de cubierta: Maciej Garbacz
Diseño de cubierta: Alejandro Terán

Primera edición (rústica): febrero de 2013
Segunda edición (cartoné): noviembre de 2020

Luis G. Prado, editor
Alcalá, 387
28027 - Madrid
infoed@alamutediciones.com

IBIC: FL
ISBN: 978-84-9889-133-1

Impreso por Romanyà Valls

Impreso en España
Printed in Spain

He aquí el último y mayor logro de los cincuenta años de carrera de este genio que trasciende las barreras del género, un autor de fama internacional que sentó las bases del campo de la literatura de ciencia-ficción no sólo para quienes la practican, sino también para sus millones de lectores y el mundo en general.

Como los grandes victorianos, a los que tanto admiraba y se parecía por su talante serio y su prolijidad, Isaac Asimov trabajó sentado a su mesa de escritorio hasta el día de su muerte. También al igual que ellos, era un completista. Por consiguiente, consideramos que el homenaje más adecuado que se le podría rendir es completar la monumental labor a la que consagró toda su vida y reunir en un mismo volumen, por vez primera, todos los relatos de ciencia-ficción sueltos que escribió en el transcurso de su prolífica carrera.

Adiós a la Tierra, la primera antología inédita de ciencia-ficción de Isaac Asimov desde 1982, aglutina aquellos relatos de ciencia-ficción sueltos que nunca antes se habían publicado en forma de libro. El carácter de los cuentos contenidos aquí abarca —como cabe esperar— desde lo cómico a lo filosófico, pues Asimov estuvo enfrascado hasta el fin de sus días en la tarea de redefinir y expandir los límites de la literatura que amaba y, más aún, que contribuyó a crear.

El alma de esta antología extraordinaria es el relato «Oro», un conmovedor y revelador drama en torno a un escritor que lo arriesga todo por una posibilidad de alcanzar la inmortalidad, la misma apuesta que hizo el propio Asimov.

Y que ganó.

JOHN SILBERSACK
Y LOS EDITORES DE HARPERPRISM

Cal

Soy un robot. Me llamo Cal. Aunque mi número de registro es CL-123X, el amo me llama Cal.

La X de mi número de registro significa que soy un robot especial para el amo. Me solicitó y ayudó a diseñarme. Tiene mucho dinero. Es escritor.

No soy un robot muy complejo. El amo no quiere un robot complejo. Sólo quiere alguien que limpie lo que desordena, que opere su impresora, que apile sus discos y cosas por el estilo.

Dice que no le llevo la contraria y que me limito a hacer lo que me mandan. Dice que eso es bueno.

A veces recibe visitas. Le llevan la contraria. A veces no hacen lo que les mandan. Se enfada mucho y se le pone la cara colorada.

Después me pide que haga algo, y lo hago. Dice: Menos mal que haces lo que te mandan.

Por supuesto que hago lo que me mandan. ¿Qué otra cosa podría hacer? Quiero que el amo se sienta bien. Noto cuando el amo se siente bien. Sus labios se estiran en lo que él denomina sonrisa. Me da palmaditas en el hombro y dice: Bien, Cal. Bien.

Me gusta cuando dice: Bien, Cal. Bien.

Le digo al amo: Gracias. Usted también me hace sentir bien.

Y se ríe. Me gusta cuando se ríe porque eso significa que se siente bien, pero es un sonido extraño. No entiendo cómo lo hace, ni por qué. Se lo pregunto y me dice que se ríe cuando algo tiene gracia.

Le pregunto si lo que he dicho tiene gracia.

Dice: Sí, sí que la tiene.

Tiene gracia porque he dicho que me siento bien. Dice que los robots no se sienten bien de verdad. Dice que sólo los amos humanos se sienten bien. Dice que los robots sólo tienen unos cerebros positrónicos cuyas rutas funcionan más fácilmente cuando cumplen órdenes.

No sé qué son las rutas de los cerebros positrónicos. Dice que es algo que tengo dentro.

Digo: Cuando las rutas de los cerebros positrónicos funcionan mejor, ¿hace eso que todo sea más cómodo y sencillo para mí? ¿Es por eso que me siento bien?

Después pregunto: Cuando un amo se siente bien, ¿es porque algo dentro de él funciona más fácilmente?

El amo asiente con la cabeza y dice: Cal, eres más listo de lo que aparentas.

Tampoco sé qué significa eso, pero el amo parece complacido conmigo y eso hace que las rutas de mi cerebro positrónico funcionen más fácilmente, y eso me hace sentir bien. Es más sencillo decir que me hace sentir bien, sin más. Pregunto si puedo decirlo.

Dice: Puedes decir lo que quieras, Cal.

Lo que quiero es ser escritor, como el amo. No entiendo por qué tengo esta sensación, pero el amo es escritor y ayudó a diseñarme. Quizá su diseño me haga querer ser escritor. No entiendo por qué tengo esta sensación porque no sé qué es un escritor. Le pregunto al amo qué es un escritor.

Sonríe otra vez. ¿Por qué quieres saberlo, Cal?, pregunta.

Le digo que no lo sé. Es tan sólo que usted es escritor y quiero saber qué es eso. Parece tan feliz cuando está escribiendo y si eso le hace feliz quizá me haga feliz también a mí. Tengo la impresión... Me faltan las palabras adecuadas. Me quedo pensativo un momento mientras él espera a que continúe. Sigue sonriendo.

Le digo: Quiero saberlo porque saberlo me hará sentir mejor. Soy... Soy...

Eres curioso, Cal, dice.

Le digo: No sé qué significa esa palabra.

Dice: Significa que quieres saberlo porque sencillamente quieres saberlo.

Quiero saberlo porque sencillamente quiero saberlo, digo.

Dice: Escribir es inventarse una historia. Hablo de personas que hacen cosas distintas, y hago que les pasen cosas distintas.

Digo: ¿Cómo sabe usted qué hacen y qué cosas les pasan?

Dice: Me lo invento, Cal. No son personas de verdad. No son cosas de verdad. Está todo en mi imaginación, aquí dentro.

Se apunta a la cabeza.

No lo entiendo y le pregunto cómo se lo inventa todo, pero se ríe y dice: Yo tampoco lo sé. Me lo invento, sin más.

Dice: Escribo historias de misterio. Crímenes. Hablo de personas que hacen cosas malas, que hacen daño a otras personas.

Me siento muy mal cuando escucho eso. Digo: ¿Cómo puede hablar de hacer daño a otras personas? Eso no debe hacerse jamás.

Dice: Los seres humanos no están controlados por las Tres Leyes de la Robótica. Los amos humanos pueden lastimar a otros amos humanos si lo desean.

Eso está mal, digo.

En efecto, dice. En mis historias, las personas que hacen daño a otras son castigadas. Ingresan en prisión y se quedan allí para que no puedan volver a hacer daño a nadie.

¿Les gusta estar en prisión?, pregunto.

Por supuesto que no. No debe gustarles. El miedo a la cárcel es lo que impide que hagan más daño del que ya hacen.

Digo: Pero también la prisión está mal, si hace que la gente se sienta mal.

Bueno, dice el amo, por eso tú no puedes escribir historias sobre misterios y crímenes.

Pienso en ello. Debe de existir alguna forma de escribir historias en las que nadie resulte herido. Me gustaría hacer eso. Quiero ser escritor. Quiero ser escritor con todas mis fuerzas.

El amo tiene tres Redactoras distintas para escribir historias. Una es muy vieja, pero dice que la conserva porque posee un valor sentimental.

No sé qué es el valor sentimental. No me gusta preguntar. No usa la máquina para sus historias. Quizá el valor sentimental significa que no debe usarse.

No dice que no pueda usarla. No le pregunto si puedo usarla. Si yo no se lo pregunto y él no me dice que no debo, entonces no desobedeceré órdenes si la uso.

Es de noche, está durmiendo, y los demás amos humanos que acuden aquí a veces se han ido. Hay otros dos robots propiedad de mi amo que son más importantes que yo. Desempeñan tareas más importantes. Esperan en sus nichos por la noche si no les han encomendado nada que hacer.

El amo no ha dicho: Quédate en tu nicho, Cal.

Como soy tan poco importante, a veces no lo dice, y puedo ir de un lado a otro por las noches. Puedo mirar la Redactora. Se aprietan sus teclas, crea palabras y las palabras se plasman sobre el papel. He visto al amo, así que sé cómo se aprietan las teclas. Las palabras llegan al papel por sí solas. No tengo que hacer nada.

Aprieto las teclas pero no entiendo las palabras. Después de un rato, me siento mal. Puede que al amo no le guste, aunque no me haya dicho que no lo haga.

Las palabras se imprimen sobre el papel, y por la mañana se las enseño al amo.

Digo: Lo siento. He usado la Redactora.

Mira el papel. Me mira a mí. Frunce el ceño.

Dice: ¿Esto lo has hecho tú?

Sí, amo.

¿Cuándo?

Anoche.

¿Por qué?

Tengo tantas ganas de escribir. ¿Es esto una historia?

Levanta el papel y sonríe.

Dice: Esto son simples letras al azar, Cal. Es un galimatías.

No parece enfadado. Me siento mejor. No sé qué es un galimatías.

Pregunto: ¿Es una historia?

Dice: No, no lo es. Y menos mal que la Redactora es inmune a los malos tratos. Si tantas ganas tienes de escribir, te propongo una cosa. Encargaré que te reprogramen para que sepas utilizar la Redactora.

Dos días después llega un técnico. Es un amo que sabe cómo hacer que los robots hagan mejor las cosas. El amo me dice que el técnico es el mismo que me ensambló, con la ayuda del amo. Eso no lo recuerdo.

El técnico escucha al amo con atención.

Dice: ¿Por qué quiere hacer esto, señor Northrop?

Señor Northrop es lo que llaman otros amos al amo.

El amo dice: Recuerda que ayudé a diseñar a Cal. Creo que debí de infundirle el deseo de ser escritor. No fue algo intencionado, pero mientras se sienta así, creo que debería complacerlo. Se lo debo.

El técnico dice: Paparruchas. Aunque le infundiéramos el afán de escribir por accidente, sigue sin ser trabajo para un robot.

El amo dice: No importa, quiero que lo hagas.

El técnico dice: Será caro, señor Northrop.

El amo frunce el ceño. Parece enfadado.

Dice: Cal es mi robot. Haré lo que me plazca. Tengo el dinero y quiero que lo reajustes.

También el técnico parece enfadado. Dice: Si eso es lo que quiere, de acuerdo. El cliente manda. Pero será más caro de lo que se imagina, porque no podemos introducir los conocimientos sobre cómo operar una Redactora sin mejorar sustancialmente su vocabulario.

El amo dice: De acuerdo. Mejora su vocabulario.

Al día siguiente, el técnico regresa con un montón de herramientas. Me abre el pecho. Es una sensación extraña. No me gusta. Introduce la mano. Creo que me apaga la batería, o la extrae. No lo recuerdo. No veo nada, ni pienso nada, ni sé nada.

Después puedo ver, pensar y saber otra vez. Me daba cuenta de que había transcurrido el tiempo, pero no sabía cuánto.

Pensé durante un rato. Era extraño, pero sabía operar una Redactora y parecía entender más palabras. Por ejemplo, sabía qué era un «galimatías», y me mortificaba pensar que había presentado un galimatías al amo, creyendo que era una historia.

Tendría que hacerlo mejor. Esta vez no sentía ninguna aprensión —también conocía el sentido de «aprensión»—, no sentía ninguna aprensión que me impidiera utilizar la vieja Redactora. Después de todo, el amo no me habría rediseñado para ser capaz de usarla si pretendiera impedirme que la usara.

Se lo planteé.

—Amo, ¿significa esto que puedo usar la Redactora?

Dijo:

—Puedes hacerlo siempre que quieras, Cal, y no estés enfrascado en otras tareas. Sin embargo, debes permitirme ver lo que escribes.

—Por supuesto, amo.

Era evidente que se sentía divertido porque creo que esperaba más galimatías (qué palabra más fea), pero dudaba de que fuera a encontrarse con más.

No escribí ninguna historia de inmediato. Debía pensar qué escribir. Supongo que a eso se refería el amo cuando decía que había que inventar una historia.

Descubrí que era preciso pensar en ella primero y después poner por escrito lo pensado. Era mucho más complicado de lo que esperaba.

El amo reparó en mi preocupación. Me preguntó:

—¿Qué haces, Cal?

—Intento inventarme una historia —le dije—. Es difícil.

—¿Te estás dando cuenta de eso, Cal? Bien. Es evidente que tu reorganización no sólo ha mejorado tu vocabulario, sino que además presiento que también ha intensificado tu inteligencia.

—No estoy seguro de lo que significa «intensificar».

—Significa que pareces más listo. Pareces saber más cosas.

—¿Le desagrada eso, amo?

—En absoluto. Me alegro. Podría ayudarte a escribir historias, e incluso después de que te aburras de intentar escribir, seguirás siéndome más útil.

Lo primero que pensé fue que sería estupendo ser más útil para el amo, pero no entendía a qué se refería con eso de aburrirse de intentar escribir. Jamás me aburriría de escribir.

Por fin se me ocurrió una historia y pregunté al amo cuándo sería el momento apropiado para escribirla.

Dijo:

—Espera hasta esta noche. Así no me entorpecerás. Podemos colocar una lamparita en el rincón donde está la Redactora, y podrás escribir tu historia. ¿Cuánto tiempo estimas que tardarás?

—Sólo un momento —dije, sorprendido—. Puedo operar la Redactora muy deprisa.

El amo dijo:

—Cal, operar la Redactora no es lo único que... —Se interrumpió, pensó un momento y dijo—: No, adelante, hazlo. Ya aprenderás. No intentaré darte consejos.

Tenía razón. Operar la Redactora no era lo único que había que hacer. Me pasé casi toda la noche intentando organizar la historia. Es muy difícil decidir qué palabra va detrás de cada palabra. Tuve que borrar la historia varias veces y empezar de cero. Era muy embarazoso.

Al final, conseguí acabarla, y aquí está. La guardé después de escribirla porque era la primera historia que había escrito nunca. No era ningún galimatías.

El intrúso
por Cal

Seríase una vez un detektive llamado Cal, que era muy buen detektive y muy baliente. No le asustava nada. Imaginaros pues su sorpresa una notxe cuando holló un intrúso en el hogar de su amo.

Hacudió corriendo al eskritorio. Había un intrúso. Había entrado por la bentana. Había cristales rotos. Eso era lo que Cal, el detektive baliente, había oído con su buen oído.

Dijo:

—Alto, intrúso.

El intrúso se detubo con cara de susto. Cal se sintió mal por hasustar al intrúso.

—Mira lo que has hecho —dijo Cal—. Has roto la bentana.

—Sí —dijo el intrúso, con cara de abergonzado—. No quería romper la bentana.

Cal era muy listo y vio el fayo en la obserbación del intrúso.

Dijo:

—¿Cómo esperabas entrar sin romper la bentana?

—Pensé que estaría abierta. Intenté abrirla y se rompió.

Cal dijo:

—¿Qué objetibo tiene lo que has echo? ¿Para qué querías entrar en esta abitación si no es tuya? Eres un intrúso.

—No quería acer nada malo —dijo.

—Eso no es cierto, porque si no quisieras acer ningún daño, no estarías aquí —dijo Cal—. Deves ser castigado.

—Por favor, no me castigues —dijo el intrúso.

—No te castigaré yo —dijo Cal—. No quiero causarte infelizidad ni dolor. Llamaré a mi amo.

Llamó:

—¡Amo! ¡Amo!

El amo yegó corriendo.

—¿Qué ocurre aquí? —preguntó.

—Un intrúso —dije—. Lo he piyado y aguarda su castigo.

El amo miró al intrúso. Dijo:

—¿Te arrepientes de lo que has echo?

—Sí —dijo el intrúso. Estaba yorando y salía agua de sus ojos como acen los de los amos cuando están tristes.

—¿Volverás a acerlo? —dijo el amo.

—Jamás. No volveré a acerlo nunca —dijo el intrúso.

—En ese caso —dijo el amo—, ya has recivido suficiente castigo. Vete y procura no volver a acerlo nunca.

Después el amo dijo:

—Eres un buen detektive, Cal. Me siento orgulloso de ti.

Cal se alegró mucho de haber complazido al amo.

FIN

Estaba muy satisfecho con la historia y se la enseñé al amo. Estaba seguro de que a él también le iba a gustar.

Le gustó más de lo que esperaba, porque mientras leía, sonrió. Incluso se rio unas cuantas veces. Después me miró y dijo:

—¿Esto lo has escrito tú?

—Sí, amo —dije.

—Me refiero a si lo has hecho tú solo. ¿No has copiado nada?

—Lo inventé todo dentro de mi cabeza, amo —dije—. ¿Le gusta?

Volvió a reírse, con fuerza.

—Es interesante —dijo.

Me sentía un poco nervioso.

—¿Es gracioso? —dije—. No sé cómo hacer que las cosas tengan gracia.

—Ya lo sé, Cal. No es gracioso a propósito.

Pensé en ello durante un rato. Después pregunté:

—¿Las cosas pueden tener gracia aunque no sea a propósito?

—Es difícil de explicar, pero no te preocupes. Para empezar, tienes faltas de ortografía, lo cual me sorprende. Ya hablas tan bien que di por sentado automáticamente que sabrías escribir sin faltas, pero es evidente que no. No se puede ser escritor sin ser capaz de deletrear correctamente las palabras y conocer bien la gramática.

—¿Cómo puedo deletrear correctamente las palabras?

—No hace falta que te preocupes por eso, Cal —dijo el amo—. Te equiparemos con un diccionario. Pero dime una cosa, Cal. En tu historia, Cal eres tú, ¿verdad?

—Sí. —Me alegró que se hubiera dado cuenta de eso.

—Mala idea. No conviene que uno se retrate en sus propias historias y proclame lo estupendo que es. Los lectores se sentirán ofendidos.

—¿Por qué, amo?

—Porque sí. Parece que no me queda más remedio que darte algunos consejos, pero seré lo más breve posible. Ensalzarse uno mismo no se estila. Además, no hay que decir que se es estupendo, sino dejar que tu obra demuestre que lo eres. Y no emplees tu propio nombre.

—¿Es una norma?

—Los buenos escritores pueden saltarse todas las normas, pero tú eres un simple principiante. Atente a las reglas, de las cuales sólo te he dicho un par. Te encontrarás con muchas, muchísimas más si sigues escribiendo. Además, Cal, tendrás problemas con las Tres Leyes de la Robótica. No puedes dar por sentado que todos los malhechores van a echarse a llorar, avergonzados. Los seres humanos no se portan así. A veces deben ser castigados.

Sentí cómo se crispaban las rutas de mi cerebro positrónico.

—Eso es difícil —dije.

—Ya lo sé. Además, la historia carece de misterio. No es imprescindible, pero creo que te iría mejor si lo hubiera. ¿Y si tu héroe, al que tendrás que poner otro nombre que no sea Cal, no supiera si hay un intruso o no? ¿Cómo lo averiguaría? Verás, tiene que usar la cabeza. —El amo se señaló la suya.

No lo seguía del todo.

El amo dijo:

—Hagamos una cosa. Te daré algunas de mis historias para que las leas cuando te hayan instalado el diccionario y la gramática, así podrás ver a qué me refiero.

El técnico acudió a la casa y dijo:

—Instalar un diccionario y una gramática no supone ningún problema. Le costará más dinero. Sé que para usted eso no es óbice, pero dígame, ¿por qué este empeño en hacer un escritor de este montón de acero y titanio?

No me pareció correcto que me llamara montón de acero y titanio pero, por supuesto, un amo humano es libre de decir lo que le plazca. Siempre hablan de nosotros, los robots, como si no nos tuvieran delante. También me he dado cuenta de eso.

El amo dijo:

—¿Sabes de algún robot que quiera ser escritor?

—Pues no —dijo el técnico—, la verdad es que no, señor Northrop.

—¡Yo tampoco! Ni nadie, que yo sepa. Cal es único, y quiero estudiarlo.

El técnico sonrió a lo ancho... De oreja a oreja, ésa es la expresión.

—No me diga que cree que será capaz de escribirle las historias, señor Northrop.

La sonrisa del amo se evaporó. Levantó la cabeza y miró al técnico con cara de enfado.

—No seas majadero. Limítate a hacer aquello por lo que cobras.

Creo que el amo consiguió que el técnico se arrepintiera de haber dicho lo que dijo, pero no sé por qué. Si el amo me pidiera que le escribiera las historias, estaría encantado de hacerlo.

De nuevo, desconozco cuánto tiempo tardó el técnico en hacer su trabajo cuando regresó al cabo de un par de días. No recuerdo absolutamente nada.

De repente, el amo estaba hablando conmigo.

—¿Cómo te encuentras, Cal?

—Muy bien —dije—. Gracias, señor.

—¿Qué hay de las palabras? ¿Sabes deletrear?

—Sé cómo se combinan las letras, señor.

—Estupendo. ¿Puedes leer esto? —Me entregó un libro. En la cubierta ponía: *Las mejores historias de misterio de J.F. Northrop.*

Dije:

—¿Estas historias son suyas, señor?

—Ni más ni menos. Si quieres leerlas, adelante.

Nunca antes había sido capaz de leer con fluidez, pero ahora, nada más mirar las palabras, fue como si resonaran en mis oídos. Era asombroso. No acertaba a imaginar cómo era posible que antes no pudiera hacerlo.

—Gracias, señor —dije—. Leeré esto y estoy seguro de que me ayudará con mi escritura.

—Muy bien. Continúa enseñándome todo lo que escribas.

Las historias del amo eran de lo más interesantes. Había un detective que siempre conseguía desentrañar lo que los demás encontraban desconcertante. No siempre entendía cómo resolvía los misterios y tuve que releer algunas de las historias varias veces, despacio.

A veces seguía sin entenderlas por muy despacio que las leyera. A veces sí que las entendía, no obstante, y pensé que sería capaz de escribir una historia como las del señor Northrop.

Esta vez dediqué mucho tiempo a hilvanarla bien en mi cabeza. Cuando me pareció que ya la tenía, escribí lo siguiente:

La moneda resplandeciente
por Euphrosyne Durando

Calumet Smithson estaba sentado en su sillón, entornados los ojos de águila y ensanchadas las aletas de su fina y larga nariz, como si venteara un nuevo misterio.

—Bueno, señor Wassell —dijo—, cuénteme su historia otra vez, desde el principio. No omita nada, pues nunca se sabe cuándo incluso el detalle más nimio podría ser de vital importancia.

Wassell regentaba un importante negocio en la ciudad, en el que empleaba numerosos robots además de seres humanos.

Aunque hizo lo que Smithson le pedía, los detalles no tenían absolutamente nada de particular, y consiguió resumirlo todo con estas palabras:

—A lo que se reduce, señor Smithson, es que estoy perdiendo dinero. Alguien que está a mi servicio se dedica a sustraer pequeñas sumas de dinero de vez en cuando. Las sumas no son de gran consideración, por sí mismas, pero es como una pequeña y constante fuga de aceite en una máquina, o el goteo del agua de un grifo defectuoso, o el supurar de la sangre de una herida leve. Con el tiempo, la acumulación se vuelve peligrosa.

—¿Corre el riesgo de perder su negocio, señor Wassell?

—Aún no. Pero tampoco me gusta perder dinero. ¿Y a usted?

—No, desde luego —dijo Smithson—. De ninguna manera. ¿Cuántos robots trabajan a su servicio?

—Veintisiete, señor.

—Y supongo que todos ellos son de fiar.

—Sin lugar a dudas. Serían incapaces de robarme. Además, les he preguntado uno por uno si se han llevado algún dinero y todos aseguran que no. Y, naturalmente, los robots tampoco pueden mentir.

—Está usted en lo cierto —dijo Smithson—. No tiene sentido centrarse en los robots. Son íntegros, de la cabeza a los pies. ¿Qué hay de sus empleados humanos? ¿Cuántos son?

—Doy trabajo a diecisiete personas, pero de éstas sólo cuatro podrían haberme robado.

—¿Y eso por qué?

—Las demás no trabajan en las instalaciones. Estas cuatro, en cambio, sí. Cada una de ellas ha disfrutado de la oportunidad, ocasionalmente, de manejar algo de calderilla, y sospecho que lo que ocurre es que al menos una de ellas ha conseguido transferir bienes de la empresa a su cuenta particular de tal modo que resulta complicado seguir su rastro.

—Ya veo. Sí, es triste pero cierto que los seres humanos pueden robar. ¿Ha planteado la situación ante sus sospechosos?

—Así es. Todos niegan ese tipo de actividades pero, claro está, los seres humanos también pueden mentir.

—En efecto. ¿Alguno de ellos parecía nervioso durante el interrogatorio?

—Todos. Veían que estaba furioso y que podría echarlos a la calle a los cuatro, culpables o inocentes. Les costaría volver a encontrar empleo tras ser despedidos por semejante motivo.

—En tal caso, ésa no es la solución. No debemos castigar a los inocentes junto con el culpable.

—Tiene usted razón —dijo el señor Wassell—. Sería incapaz de hacer algo así. ¿Pero cómo decidir quién es el culpable?

—¿Hay entre ellos alguien con un historial turbio, alguien que haya sido despedido en dudosas circunstancias con anterioridad a lo largo de su carrera?

—He realizado discretas pesquisas, señor Smithson, y no he encontrado nada sospechoso acerca de ninguno de ellos.

—¿Alguno de ellos anda particularmente necesitado de dinero?

—Mis sueldos son buenos.

—No lo pongo en duda, pero quizá alguien tenga algún tipo de gusto demasiado caro para el que su paga resulta insuficiente.

—No he encontrado ninguna prueba de ello, aunque bien es cierto que si alguno de ellos necesitara dinero por alguna perversa razón, lo mantendría en secreto. A nadie le gusta que lo tengan por un canalla.

—Está usted en lo cierto —dijo el gran detective—. En tal caso, debe presentarme usted a los cuatro hombres. Los interrogaré. —Sus ojos relampaguearon—. Llegaremos al fondo de este misterio, no tema. Acordemos una cita por la noche. Nos veremos en el comedor de la empresa, ante una cena frugal y una botella de vino, para que los hombres se sientan completamente cómodos. Esta noche, a ser posible.

—Así lo haré —dijo con entusiasmo el señor Wassell.

Calumet Smithson estaba sentado a la mesa del comedor, observando con atención a los cuatro hombres. Dos de ellos eran muy jóvenes y tenían el pelo moreno. Uno de ellos también tenía bigote. Ninguno de ellos era especialmente apuesto. Uno de ellos era el señor Foster y el otro era el señor Lionell. El tercer hombre estaba muy gordo y tenía unos ojillos diminutos. Era el señor Mann. El cuarto era alto y desgarbado, y tenía la nerviosa manía de crujirse los nudillos. Era el señor Ostrak.

Smithson parecía un poco nervioso a su vez mientras interrogaba a cada hombre por turnos. Sus ojos de águila se entornaron mientras observaba atentamente a los cuatro sospechosos y jugaba con una resplandeciente moneda de cuarto de dólar que, con expresión ausente, hacía bailar entre los dedos de su mano derecha.

Smithson dijo:

—Estoy seguro de que cada uno de los cuatro de ustedes es perfectamente consciente de lo espantoso que es robar a su jefe.

Todos asintieron de inmediato.

Smithson dio unos golpecitos con el cuarto encima de la mesa, contemplativo.

—Uno de ustedes, estoy seguro, sucumbirá al peso de la culpa, y creo que lo hará antes de que termine esta velada.

Pero ahora debo llamar al despacho. Me ausentaré tan sólo durante unos minutos. Tengan la bondad de esperarme aquí sentados, y no hablen entre ustedes ni se dirijan siquiera la palabra hasta que yo vuelva.

Dio un último golpecito a la moneda y, sin prestarle más atención, se fue. Regresó unos diez minutos después.

Miró de uno a otro y dijo:

—Espero que no hayan hablado ni se hayan mirado.

Todos sacudieron la cabeza, como si aún tuvieran miedo de abrir la boca.

—Señor Wassell —dijo el detective—. ¿Me confirma que no han dicho nada?

—Totalmente. Nos hemos limitado a estar aquí quietecitos, esperando. Ni siquiera hemos cruzado la mirada.

—Bien. Ahora voy a pedirles a los cuatro que me enseñen el contenido de sus bolsillos. Por favor, déjenlo todo en una pila delante de ustedes.

La voz de Smithson era tan imperiosa, tan brillante y aguda su mirada, que a ninguno de los hombres se le ocurrió desobedecer.

—Los bolsillos de las camisas también. Y los del interior de las chaquetas. Todos.

Se formó un buen montón de tarjetas de crédito, llaves, gafas, bolígrafos y algunas monedas. Smithson contempló fríamente los cuatro montones mientras su mente absorbía todos los detalles.

Después dijo:

—Tan sólo para cerciorarme de que todos cumplimos los mismos requisitos, vaciaré el contenido de mis bolsillos y usted, señor Wassell, hará lo propio.

Ahora eran seis los montones. Smithson alargó la mano hacia la pila que había delante del señor Wassell y dijo:

—¿Qué es este cuarto resplandeciente que veo aquí, señor Wassell? ¿Es suyo?

Wassell parecía desconcertado.

—Sí.

—Imposible. Tiene mi marca. Lo dejé encima de la mesa

cuando salí a llamar a mi despacho. Usted lo ha cogido.

Wassell guardó silencio. Los otros cuatro hombres lo miraron.

Smithson dijo:

—Supuse que si alguno de ustedes era un ladrón, sería incapaz de resistirse a una moneda reluciente. Señor Wassell, usted ha estado robando a su propia empresa y, temiendo que lo descubrieran, intentó sembrar la sospecha entre sus empleados. Un ejemplo de vileza y cobardía.

Wassell agachó la cabeza.

—Tiene usted razón, señor Smithson. Pensé que si lo contrataba para investigar, declararía culpable a alguno de mis hombres, y así tal vez yo podría dejar de sustraer dinero para fines particulares.

—Sabe muy poco de la mente detectivesca —dijo Calumet Smithson—. Lo entregaré a las autoridades. Ellas decidirán qué hacer con usted, aunque si se arrepiente sinceramente y promete no volver a hacerlo jamás, intentaré impedir que su castigo sea demasiado severo.

FIN

Se lo enseñé al señor Northrop, que lo leyó en silencio. Apenas esbozó una sonrisa. Tan sólo ante uno o dos pasajes.

Después dejó el cuento y me miró fijamente.

—¿De dónde has sacado el nombre de Euphrosyne Durando?

—Como me dijo, señor, que no usara mi propio nombre, elegí uno que fuera lo más distinto posible.

—¿Pero de dónde lo has sacado?

—Señor, uno de los personajes secundarios de una de sus historias...

—¡Claro! ¡Ya decía yo que me sonaba! ¿Te das cuenta de que es un nombre de mujer?

—Puesto que no soy ni masculino ni femenino...

—Sí, tienes razón. Pero el nombre del detective, Calumet Smithson... Eso de «Cal» sigue refiriéndose a ti, ¿no es así?

—Quería que existiera algún tipo de conexión, señor.

—Tienes un ego tremendo, Cal.

Titubeé.

—¿Qué significa eso, señor?

—Da igual. Es irrelevante.

Soltó el manuscrito y me dejó preocupado. Dije:

—¿Pero qué le ha parecido el misterio?

—Algo mejor, pero sigue sin ser una buena historia. ¿Te das cuenta de eso?

—¿En qué sentido deja que desear, señor?

—Bueno, para empezar, no sabes nada de las prácticas empresariales contemporáneas ni de los sistemas informáticos de contabilidad. Y nadie cogería un cuarto de dólar de la mesa con otras cuatro personas presentes, ni siquiera aunque no estuvieran mirando. Se notaría. Luego, aunque se diera ese caso, el gesto del señor Wassell no demuestra que fuera el ladrón. Cualquiera podría embolsarse una moneda automáticamente, sin pensar. Resulta interesante como indicio, pero no sirve como prueba. Además, el título de la historia es demasiado revelador.

—Ya veo.

—Por si fuera poco, las Tres Leyes de la Robótica siguen entorpeciéndote. Todavía estás obsesionado con el castigo.

—Es inevitable, señor.

—Lo sé. Por eso creo que deberías dejar de intentar escribir historias de misterio.

—¿Qué otra cosa debería escribir, señor?

—Déjame que lo piense.

El señor Northrop volvió a llamar al técnico. Creo que esta vez no quería que oyera lo que decía, pero incluso desde donde aguardaba en pie conseguí escuchar su conversación. A veces los seres humanos olvidan cuán agudos pueden llegar a ser los sentidos robóticos.

Después de todo, estaba muy preocupado. Aspiraba a ser escritor y no quería que el señor Northrop me dijera qué podía escribir y qué no. Bien es cierto que él era un ser humano y yo tenía que obedecerlo, pero no me gustaba.

—¿Qué ocurre ahora, señor Northrop? —preguntó el técnico,

en un tono que me pareció sarcástico—. ¿Ha vuelto a escribir algo ese robot suyo?

—Sí, así es —dijo el señor Northrop, procurando aparentar indiferencia—. Ha escrito otra historia de misterio y no quiero que escriba más.

—Demasiada competencia, ¿eh, señor Northrop?

—No. No seas cretino. Es absurdo que haya dos personas escribiendo historias de misterio bajo el mismo techo, nada más. Además, las Tres Leyes de la Robótica son un engorro. Seguro que te puedes imaginar cómo.

—En fin, ¿y qué quiere que haga?

—No estoy seguro. Pongamos que escribe sátiras. Se trata de un género que no cultivo, por lo que no habrá rivalidad, y las Tres Leyes de la Robótica no se interpondrán en su camino. Quiero que dotes a este robot de sentido del ridículo.

—¿Sentido de qué? —dijo el técnico, airado—. ¿Cómo espera que haga algo así? Mire, señor Northrop, sea razonable. Puedo añadir instrucciones sobre el funcionamiento de la Redactora. Puedo agregar un diccionario y una gramática. ¿Pero cómo espera que le incorpore el sentido del ridículo?

—Bueno, ingéniatelas. Conoces los entresijos de las pautas cerebrales de los robots. ¿No existe alguna manera de reajustarlo para que sepa qué tienen de graciosos, o absurdos, o sencillamente ridículos los seres humanos?

—Puedo trastear un poco, pero no es seguro.

—¿Por qué no?

—Porque, mire, señor Northrop, empezó usted con un robot de lo más básico, pero no he dejado de añadirle mejoras. Reconocerá que es único y que nunca antes había oído hablar de uno que quisiera escribir historias, por lo que ahora se trata de un robot bastante caro. Quizá tenga incluso entre manos un modelo clásico que convendría entregar al Instituto de Robótica. Si me pide que lo toquetee, podría estropearlo todo. ¿Se da cuenta de eso?

—Estoy dispuesto a correr el riesgo. Si se estropea, que se estropee, ¿pero por qué tendría que pasar? No te estoy pidiendo que lo hagas deprisa y corriendo. Tómate tu tiempo y analízalo a fondo. Dispongo de tiempo y dinero de sobra, y quiero que mi robot escriba sátiras.

—¿Por qué sátiras?

—Porque así su falta de experiencia vital quizá no importe tanto, las Tres Leyes no representarán un papel tan importante y con el tiempo, algún día, tal vez logre crear algo interesante, aunque lo dudo.

—Y no se inmiscuirá en su terreno.

—Vale, de acuerdo. No se inmiscuirá en mi terreno. ¿Satisfecho?

Seguía sin dominar el lenguaje hasta el punto de saber qué significaba inmiscuirse en el terreno de alguien, pero deduje que mis historias de misterio irritaban al señor Northrop. No sabía por qué.

Mi opinión, por supuesto, no contaba. Todos los días el técnico me estudiaba y analizaba, hasta que por fin dijo:

—Bueno, señor Northrop, me arriesgaré, pero antes quiero pedirle que firme un documento según el cual nos exime a mi empresa y a mí de toda responsabilidad en caso de que algo salga mal.

—Redacta ese documento y lo firmaré —dijo el señor Northrop.

Era escalofriante pensar que algo podría salir mal, pero así son las cosas. Un robot debe aceptar todo lo que decidan hacer los seres humanos.

Esta vez, tras volver en mí, padecí una debilidad generalizada durante mucho tiempo. Me costaba ponerme de pie, y hablaba arrastrando las palabras.

Me pareció que el señor Northrop me observaba con expresión preocupada. Puede que le remordiera la conciencia por el modo en que me había tratado —debería remorderle la conciencia— o puede, sencillamente, que le inquietara la posibilidad de haber perdido una gran cantidad de dinero.

Cuando recuperé el equilibrio y volví a hablar con claridad, sucedió algo extraño. De pronto comprendía cuán ridículos eran los seres humanos. Carecían de leyes que gobernaran sus actos. Debían crearlas a partir de cero, e incluso así, nada les obligaba a acatarlas.

Los seres humanos eran simple y llanamente confusos, uno no podía menos que reírse de ellos. Ahora sabía lo que era la risa, incluso era capaz de emitir el sonido, pero no me reía en voz alta, desde luego. Eso hubiera sido descortés y ofensivo. Me reía para mis adentros, en cambio, y empecé a pensar en una historia en la que los seres humanos tenían leyes que gobernaban sus actos pero las aborrecían y no conseguían respetarlas.

Me acordé del técnico y decidí introducirlo también en la historia. El señor Northrop se empeñaba en ir a verlo para pedirle que me efectuara alteraciones cada vez más complicadas. Ahora me había dotado de sentido del ridículo.

¿Y si escribía una historia acerca de la ridiculez de los seres humanos? Sin robots presentes porque, naturalmente, los robots no son ridículos y su presencia sólo echaría a perder el efecto cómico. ¿Y si metía además una persona que fuese técnico de seres humanos? Podría tratarse de una criatura dotada de poderes arcanos capaz de alterar la conducta humana, igual que mi técnico podía alterar la conducta robótica. ¿Qué ocurriría en ese caso?

Demostraría sin lugar a dudas la insensatez de los seres humanos.

Dediqué días a pensar en la historia, cada vez más contento con ella. Comenzaría con dos hombres cenando, y uno de ellos poseería un técnico —bueno, o tendría acceso a él de alguna manera—, y ambientaría la acción en el siglo XX para no ofender al señor Northrop y los demás habitantes del XXI.

Leí libros para documentarme acerca de los seres humanos. El señor Northrop me lo consintió sin encomendarme apenas tareas que me distrajeran. Tampoco intentó meterme prisa por escribir. Puede que aún se sintiera culpable por el riesgo que había corrido de lastimarme.

Por fin empecé la historia, y hela aquí:

Perfectamente formal
por Euphrosyne Durando

George y yo estábamos cenando en un restaurante bastante elegante, un establecimiento en el que no era inusitado ver a los comensales vestidos de largo.

George miró a uno de dichos comensales y lo observó con los párpados entornados y expresión desaprobatoria mientras se limpiaba los labios con mi servilleta, puesto que la suya se le había caído en un descuido.

—Qué plaga de esmóquines, de verdad —dijo George.

Seguí la dirección de su mirada. Todo apuntaba a que el sujeto de su escrutinio era un hombre corpulento de unos cincuenta años de edad que, con una intensa expresión de autosuficiencia, sostenía la silla a una mujer deslumbrante, a todas luces más joven que él.

—George —dije—, ¿te dispones a informarme de que conoces al tipo del esmoquin?

—No —dijo George—, no me dispongo a informarte de nada por el estilo. Mis comunicaciones contigo, al igual que con todos los demás seres vivos, se rigen siempre por los dictados de la más estricta veracidad.

—Como las historias de tu demonio de dos centímetros, Az... —Me interrumpió la expresión de agonía que se había cincelado en sus rasgos.

—No saques a relucir esos temas —susurró con voz ronca—. Azazel carece de sentido del humor, pero posee un poderoso sentido de la autoridad. —Ya con más naturalidad, añadió—: Me limitaba a expresar mi desprecio por los esmóquines, sobre todo cuando tensan sus costuras bolas de sebo como ese tipo, por emplear tu modismo.

—Por extraño que parezca —dije—, estoy de acuerdo contigo. También yo encuentro la vestimenta formal reprobable, y por ese hecho tan sólo, salvo cuando es de todo punto imposible, procuro evitar aquellas ocasiones que requieran ponerse la corbata negra.

—Me alegro por ti —dijo George—. Eso viene a echar por tierra la impresión que tenía de que careces de virtudes sociales que te rediman. Es lo que le había contado a todo el mundo, ¿sabes?

—Gracias, George. Muy considerado por tu parte, habida cuenta de que no dejas de atiborrarte a mi costa siempre que se te presenta la oportunidad.

—En tales ocasiones me limito a permitirte disfrutar de mi compañía, viejo. Ahora mismo les contaría a todas mis amistades que posees una virtud social que te redime, pero así sólo conseguiría sembrar el desconcierto. Parecen haber aceptado el hecho de que no tienes ninguna.

—Gracias a todas tus amistades —dije.

—A propósito, me sé de alguien —dijo George— que nació en una mansión. Le sujetaban los pañales con prendedores en vez de con imperdibles. Cuando cumplió un año, le regalaron una corbatita negra de las que se anudan, nada de ganchos. Así continuaron las cosas durante toda su vida. Se llama Winthrop Carver Cabwell, y vivía en un nivel tan enrarecido de la aristocracia brahmana de Boston que siempre llevaba encima una mascarilla de oxígeno, por si las moscas.

—¿Y tú conocías a este patricio? ¿Tú?

George adoptó una expresión ofendida.

—Yo, sí, por supuesto —dijo—. ¿Crees por un solo momento que soy tan estirado como rehuir la compañía de alguien por el simple hecho de que sea un acaudalado aristócrata de creencias brahmanas? Porque en tal caso, viejo, me conoces muy poco. Winthrop y yo éramos íntimos. Le servía de evasión.

George exhaló un suspiro tan cargado de vapores etílicos que hizo que la mosca que lo sobrevolaba entrara en barrena, alcoholizada.

—Pobre tipo. Pobre aristócrata acaudalado.

—George, presiento que te dispones a contarme una de tus descabelladas historias de desgracias. No quiero oírla.

—¿Desgracias? Al contrario. Lo que tengo que contar es una historia plagada de bondades y felicidad, y ya que eso es lo que te gusta escuchar, comenzaré sin más dilación.

Como te decía [empezó George], mi amigo brahmano era un caballero de la cabeza a los pies, atildado e imperialmente cimbreño...

[¿Por qué me interrumpes con esa inopinada mención a Richard Corey, viejo camarada? No he oído hablar de él en mi vida. Te hablo de Winthrop Carver Cabwell. ¿Por qué no me escuchas? Por dónde iba... Ah, ya.]

Era un caballero de la cabeza a los pies, atildado e imperialmente cimbreño. De resultas de lo cual servía de modelo e inspiración naturales para todas las gentes de bien, como habría sabido si se hubiera codeado alguna vez con gentes de bien, que no era el caso, desde luego, puesto que sólo frecuentaba la compañía de otras almas descarriadas como él.

Sí, dices bien, me conocía a mí y ésa fue su salvación, al final... y sin que yo sacara el menor provecho de ello. Claro que, como tú ya sabes, viejo camarada, el dinero es lo último que ocupa mis pensamientos.

[Haré oídos sordos a ese comentario, inconfundible producto de una mentalidad retorcida.]

A veces, el bueno de Winthrop necesitaba evadirse. En tales ocasiones, cuando los asuntos de negocios me llevaban a Boston, él se zafaba de sus cadenas y cenaba conmigo en un rincón apartado del hotel Parker House.

—George —me solía decir Winthrop—, mantener el apellido y las tradiciones de los Cabwell es harto complicado. A fin de cuentas, no se trata tan sólo de que tengamos dinero, sino de que ese dinero tiene a su vez mucha historia. No somos como esos advenedizos de los Rockyfellow, si recuerdo bien su nombre, cuya riqueza proviene del petróleo del siglo XIX.

»No debo olvidar que mis ancestros fundaron sus fortunas en los esplendorosos tiempos de las colonias y los pioneros. Mi antepasado, Isaiah Cabwell, proveyó de armas y aguardiente de contrabando a los indios durante la guerra de la reina Ana, y hubo de vivir día a día con el miedo de que un algonquino, un hurón o un colono le arrancara la cabellera por equivocación.

»Y su hijo, Jeremiah Cabwell, participó en el angustioso comercio triangular, arriesgándolo todo, por Thoreau, en los peligros de cambiar azúcar por ron, por esclavos, ayudando a miles de inmigrantes africanos a llegar a nuestra insigne nación. Con semejante herencia, George, el peso de la tradición es un lastre. La responsabilidad de cuidar de todo ese dinero tan añejo es sobrecogedora.

—No sé cómo lo consigues, Winthrop —dije.

Winthrop suspiró.

—Por Emerson, tampoco yo lo sé a ciencia cierta. Es cuestión de vestir, de estilo, de modales, de dejarme guiar en todo momento por lo que es correcto, en vez de por lo que sería más sensato. Después de todo, un Cabwell siempre sabe qué es lo correcto, aunque la sensatez con frecuencia le resulte inaccesible.

Asentí con la cabeza y dije:

—A menudo me he preguntado por tu atuendo, Winthrop. ¿Por qué es imprescindible lucir siempre unos zapatos tan relucientes que las luces del techo se reflejan en ellos con profusión cegadora? ¿Por qué es imprescindible pulir las suelas a diario y cambiar los tacones todas las semanas?

—Todas las semanas no, George. Tengo zapatos para cada uno de los días del mes, de modo que ningún par necesita tacones nuevos más que cada siete meses.

—¿Pero a qué se debe todo eso? ¿A qué se deben las camisas blancas abotonadas hasta el cuello? ¿A qué se deben las corbatas apagadas? ¿A qué los chalecos? ¿El inevitable clavel en la solapa? ¿A qué?

—¡A las apariencias! Basta un mero vistazo para distinguir a un Cabwell de un vulgar corredor de bolsa. El simple hecho de que ningún Cabwell se pondría jamás un anillo en el meñique es prueba suficiente. Quien me mire y después repare en ti, con esa chaqueta cubierta de polvo y cuajada de lamparones, con esos zapatos que sin duda has debido de birlar a algún pordiosero, con esa camisa cuyo color sugiere un leve tinte gris marfileño, no tendría la menor dificultad en distinguirnos.

—Cierto —dije.

¡Pobre tipo! Cuán agradecidas debían de posarse en mí las miradas tras deslumbrarse ante él. Me quedé pensativo un momento, antes de decir:

—A propósito, Winthrop, ¿qué pasa con todos esos zapatos? ¿Cómo sabes cuáles se corresponden con cada día del mes? ¿Los guardas en anaqueles numerados?

Winthrop se encogió de hombros.

—¡Qué torpe sería hacer algo así! A ojos plebeyos, todos esos zapatos parecen idénticos, pero para la penetrante mirada de un Cabwell son distintos e inconfundibles entre sí.

—Asombroso, Winthrop. ¿Cómo lo conseguís?

—Entrenando asiduamente desde nuestra niñez, George. No te imaginas los portentos de distinción que he tenido que aprender a hacer.

—¿No te preocupa a veces esta obsesión con la vestimenta, Winthrop?

Winthrop titubeó.

—En ocasiones, por Longfellow. Interfiere con mi vida sexual de vez en cuando. Cuando he terminado de colocar el calzado en el zapatero adecuado, de colgar los pantalones de modo que no se pierda la perfección de la raya y de cepillar con esmero la chaqueta, sucede a menudo que mi acompañante ya ha perdido el interés. Que se ha enfriado, no sé si entiendes lo que quiero decir.

—Lo entiendo, Winthrop. Sé por experiencia propia que las mujeres se vuelven intratables si se las obliga a esperar. Te sugeriría que te limitaras a dejar la ropa tirada por...

—¡Por favor! —exclamó Winthrop, con semblante adusto—. Por suerte estoy prometido con una mujer maravillosa, Hortense Hepzibah Lowot, cuyo linaje está casi a la altura del mío. Aún no nos hemos besado, bien es cierto, pero son ya varias las ocasiones en las que hemos estado a punto de hacerlo.

Me clavó un codo en las costillas.

—Estás hecho un Boston terrier —dije, jovial, aunque

los pensamientos se perseguían vertiginosos por mi cabeza. Bajo las templadas palabras de Winthrop se intuía un corazón afligido—. Winthrop —continué—, ¿qué sucedería si te equivocaras de par de zapatos, o si te desabrocharas el cuello de la camisa, o si te equivocaras de plato con el vino que no...?

Winthrop adoptó una expresión horrorizada.

—Refrena esa lengua. En su tumba se revolvería una larga cadena de antepasados, allegados y afines, la endogámica y enmadejada aristocracia de Nueva Inglaterra en pleno. Por Whittier, ya lo creo que sí. Mi propia sangre herviría y se rebelaría entre espumarajos. Hortense escondería la cara, avergonzada, y mi puesto en el Banco Brahmano de Boston se esfumaría. Me obligarían a desfilar entre apretadas filas de vicepresidentes, me arrancarían a tijeretazos los botones del chaleco y colgarían la corbata a la espalda.

—¡Cómo! ¿Por un desliz infinitesimal?

La voz de Winthrop se redujo a un susurro glacial.

—Los deslices infinitesimales no existen. Sólo los deslices a secas.

—Winthrop —le dije—, permíteme darle otro enfoque a la disyuntiva. ¿Te gustaría cometer un desliz, si pudieras?

Winthrop titubeó largo rato antes de murmurar:

—Por Oliver Wendell Holmes, padre e hijo, me... me... —No quiso ir más allá, pero distinguí el delator temblor cristalino de una lágrima que le tachonaba el rabillo del ojo. Denotaba la existencia de una emoción demasiado honda para expresarse con palabras, y mi corazón lloró por mi desdichado amigo mientras veía cómo firmaba el cheque que habría de pagarnos la cena a los dos.

Sabía lo que tenía que hacer.

Tenía que invocar a Azazel desde el otro continuo. Se trata de un arduo procedimiento que conlleva el recurso de runas y pentagramas, de hierbas fragantes y palabras de poder que me resisto a describir aquí por no terminar de aturdir tu ya de por sí desnortada mente, viejo camarada.

Al llegar, Azazel profirió el alarido que emitía siempre que nos encontramos. Da igual cuán a menudo me vea, se diría que mi presencia ejerce sobre él algún tipo de incontenible influencia. Creo que si se tapa los ojos es para soportar el cegador resplandor de mi magnificencia.

Helo allí, con sus dos centímetros de alto, rojo chillón, por supuesto, con sus cuernos diminutos y su largo rabo rematado en punta. Lo que distinguía su aspecto esta vez era la presencia de un cordón azul que llevaba enrollado en la cola, formando unos floreos y unos remolinos tan enrevesados que producía vértigo contemplarlos.

—¿Qué es eso, oh, protector de los indefensos? —pregunté, pues le complacen esa clase de títulos sin pies ni cabeza.

—Eso —dijo Azazel, con extraordinaria complacencia— está ahí porque me dispongo a asistir a un banquete en honor de mi contribución al bien de mi pueblo. Como es natural, me he puesto un zplatchnik.

—¿Un splatchnik?

—No. Un zplatchnik. La sibilante inicial es sonora. Ningún varón que se precie consentiría que lo agasajaran sin su zplatchnik.

—Ajá —dije, vislumbrando un destello de comprensión—. Se trata de un atuendo formal.

—Por supuesto que es un atuendo formal. ¿Qué otra cosa parece?

Lo cierto era que parecía un cordón azul corriente y moliente, pero me pareció descortés decir algo así.

—Parece perfectamente formal —dije—, y qué casualidad tan peculiar que sea esta cuestión de perfecta formalidad lo que deseaba comentar contigo.

Cuando le conté la historia de Winthrop, Azazel derramó unas pocas lagrimitas en miniatura pues, en ocasiones excepcionales, se enternece ante aquellas cuitas ajenas que reflejan las suyas.

—Sí —dijo—, la formalidad puede resultar agotadora. No es algo que esté dispuesto a admitir delante de cualquiera, pero mi zplatchnik es de lo más incómodo. Se empeña en obstruir la circulación de mi magnificente apéndice caudal. ¿Pero qué harías tú en mi lugar? Aquella criatura que se presente sin su zplatchnik a una ocasión de etiqueta recibirá una solemne reprimenda. Para ser más exactos, lo arrojarán contra una dura superficie de cemento para que rebote.

—¿Pero hay algo que puedas hacer por Winthrop, oh, campeón de los desventurados?

—Creo que sí. —La jovialidad de Azazel era inusitada. Por lo general, cuando apelo a él con este tipo de solicitudes, me pone todo tipo de pegas, declamando las dificultades. En esta ocasión dijo—: De hecho, no hay nadie en mi mundo, y me imagino que en tu arrabalesca miseria de planeta tampoco, que goce con las formalidades. Si existen es sólo a causa de un asiduo y sádico adiestramiento durante la infancia. Basta con estimular una zona de lo que en mi mundo se conoce como el ganglio de Itchko del cerebro y, ¡bo-o-o-oing!, el individuo revertirá instantáneamente a su despreocupado estado natural.

—Entonces, ¿serías capaz de que Winthrop hiciera bo-o-o-oing?

—Sin la menor duda, si nos presentas para que pueda estudiar su configuración mental, como es pertinente.

Nada más fácil, pues para ello sólo hube de guardarme a Azazel en el bolsillo de la camisa con ocasión de mi próxima cita con Winthrop. Visitamos un bar, lo cual supuso un alivio, dado que en Boston, quienes frecuentan ese tipo de locales son bebedores empedernidos a los que la imagen de una cabecita escarlata asomando del bolsillo de la camisa de una persona, mirando de un lado a otro, no va a quitarles el sueño. Los borrachos de Boston ven cosas peores incluso cuando están sobrios.

Winthrop no vio a Azazel, sin embargo, pues éste tiene la facultad de nublar la mente de las personas a voluntad, particularidad esa que lo asemeja a tu forma de escribir, viejo camarada.

Llegado cierto punto, no obstante, me di cuenta de que Azazel debía de estar haciendo algo, pues Winthrop había puesto los ojos como platos. Algo en su interior debía de haber hecho bo-o-o-oing. Aunque no oí ningún sonido, esos ojos lo delataban.

Los resultados no tardaron en manifestarse. Menos de una semana después, se encontraba en la habitación de mi hotel. En esos momentos me alojaba en el Copley Alcantarilla, a tan sólo cinco manzanas y varios tramos de escaleras por debajo del Copley Plaza.

—Winthrop —le dije—. Tienes un aspecto deplorable. —Tanto era así que llevaba uno de los diminutos botones del cuello de la camisa sin abrochar.

Su mano subió hasta el botón infractor mientras decía, en voz baja:

—A Natick con él. No me importa. —Luego, en voz aún más baja, añadió—: He roto con Hortense.

—¡Cielos! —dije—. ¿Por qué?

—Una nadería. El lunes fui a visitarla para tomar el té, como tengo por costumbre, y llevaba puestos los zapatos del domingo, un simple descuido. No me había percatado de ello, pero últimamente me cuesta fijarme en muchas otras cosas por el estilo. Me preocupa un poco, George, pero, por fortuna, no demasiado.

—Infiero que Hortense se dio cuenta.

—Al instante, pues su sentido de la corrección es tan agudo como el mío, o como solía serlo el mío, al menos. Me dijo: «Winthrop, tu calzado no es el debido». Por algún motivo, fue como si su voz me enervara. Le dije: «Hortense, si no quiero calzarme como es debido, no lo haré, y si no te gusta te puedes ir a New Haven».

—¿New Haven? ¿Por qué New Haven?

—Porque es un sitio espantoso. Tengo entendido que allí hay algún tipo de instituto de enseñanza inferior llamado Yell, o Jale, o algo por el estilo. Hortense, como Radcliffe de la más pura cepa que era, optó por tomarse mi comentario como un insulto por la sencilla razón de que así había querido yo que sonara. Ni corta ni perezosa, me devolvió la rosa desvaída que le había regalado el año pasado y declaró que nuestro compromiso había terminado. Se quedó con el anillo, sin embargo, pues, como tan correctamente apuntó, era muy valioso. Así que aquí estoy.

—Cuánto lo siento, Winthrop.

—No lo sientas, George. Hortense tiene el pecho plano. No dispongo de pruebas fehacientes, pero es innegable que parece frontalmente cóncava. No se parece en absoluto a Cherry.

—¿Qué Cherry?

—Nada de qué. Quién. Es una excelente conversadora a quien he conocido hace poco y, lejos de tener el pecho plano, ostenta una convexidad extrema. Su nombre completo es Cherry Lang Gahn. De los Lang de Bensonhoist.

—¿Bensonhoist? ¿Dónde está eso?

—Ni idea. En algún lugar en los límites de la nación, me imagino. Habla una curiosa variedad de lo que antes era el inglés. —Sonrió con afectación—. «Pipiolo», me llama.

—¿Por qué?

—Porque así se dice «muchacho» en Bensonhoist. Estoy aprendiendo el idioma a marchas forzadas. Por ejemplo, supón que quisieras decir: «Saludos, caballero, me alegra verlo otra vez». ¿Cómo lo dirías?

—Como acabas de hacerlo tú.

—En Bensonhoist se dice: «Hola, chaval». Breve y al grano, ¿lo ves? Pero ven, que quiero que la conozcas. Cena con nosotros mañana por la noche en Locke-Ober.

No sólo sentía curiosidad por ver a esa tal Cherry, sino que además va en contra de mi religión rechazar una invitación a cenar en Locke-Ober, así que allí estaba a la noche siguiente, y más pronto que tarde.

Winthrop llegó poco después, acompañado de una joven a la que no me costó reconocer como Cherry Lang Gahn, de los Lang de Bensonhoist, pues en verdad era magníficamente convexa. También tenía el talle ceñido, y unas caderas generosas que se mecían cuando caminaba e incluso cuando estaba parada. Si tuviera la pelvis llena de nata, ésta se habría convertido en mantequilla hace tiempo.

Sus cabellos crespos presentaban un impresionante tono amarillo, así como impresionante era el carmín de sus labios, los cuales no dejaban de contonearse alrededor del pegote de goma de mascar que albergaba en la boca.

—George —dijo Winthrop—, quiero que conozcas a mi prometida, Cherry. Cherry, éste es George.

—Encantá 'e conoserte —dijo Cherry. No entendía su idioma, pero a juzgar por el tono de su voz atiplada y fuertemente nasal, deduje que la oportunidad de disfrutar de mi compañía la había sumido en un trance extasiado.

Cherry acaparó toda mi atención durante varios minutos, pues abundaban los puntos de interés en su persona a los que compensaba prestar una atención minuciosa, pero al cabo conseguí darme cuenta de que Winthrop se hallaba inmerso en un peculiar estado de desaliño. Tenía el chaleco abierto y no llevaba corbata. Una inspección más detenida me reveló que el antedicho chaleco carecía de botones, y que sí que llevaba corbata, pero colgada a la espalda.

—Winthrop... —dije, y hube de señalar con el dedo. Me faltaban las palabras.

—Me pillaron en el Banco Brahmano.

—¿Te pillaron haciendo qué?

—No me había tomado la molestia de afeitarme esta mañana. Pensé que, ya que iba a salir a cenar, me afeitaría cuando volviera del trabajo. ¿Para qué afeitarse dos veces el mismo día? ¿No es razonable, George? —Parecía agraviado.

—De lo más razonable.

—Bueno, pues se dieron cuenta de que no me había afeitado, y después de un juicio rápido en el despacho del director... un tribunal desautorizado, por si quieres saberlo... me aplicaron el castigo que puedes ver ahora. También me relevaron de mi cargo y me arrojaron contra el duro cemento de Tremont Avenue. Reboté dos veces —añadió, con un deje de orgullo.

—¡Pero eso significa que estás en el paro! —Mi consternación era absoluta. Llevaba toda la vida sin trabajo y era plenamente consciente de las ocasionales desventajas que ello conlleva.

—Cierto —dijo Winthrop—. Ahora mi vida está vacía salvo por mi inmensa cartera de acciones, mis elaborados planes de participaciones, los inmensos terrenos sobre los que se levanta el Prudential Center... y Cherry.

—A ver si no —terció la aludida, con una risita—. Ni loca iba a dejar yo a mi chico solo ante la adversidad, con la de quebraderos de cabeza que da tanta pasta. Por eso vamos a arrejuntarnos, ¿a que sí, Winthrop?

—¿Arrejuntaros? —pregunté.

—Creo que lo que sugiere es que pasemos nuestro estado civil al de felizmente casados —dijo Winthrop.

Cherry se ausentó durante unos instantes después de aquello, para visitar el excusado, momento que aproveché para decir:

—Winthrop, es una mujer asombrosa, un dechado de protuberantes virtudes, pero como te cases con ella, la sociedad de Nueva Inglaterra en pleno te volverá la espalda. Ni siquiera los habitantes de New Haven se dignarán dirigirte la palabra.

—Peor para ellos. —Miró a derecha e izquierda, se inclinó hacia mí y susurró—: Cherry me está enseñando lo que es el sexo.

—Pensaba que eso ya lo sabías, Winthrop.

—Y yo. Pero al parecer existen cursos de posgrado en la materia, de una intensidad y variedad como nunca había soñado.

—¿Cómo es que sabe ella tanto?

—Con esas mismas palabras se lo he preguntado, pues no te ocultaré que llegó a pasárseme por la cabeza la idea de que podría haber tenido experiencias con otros hombres, por descabellado que parezca en alguien cuyo refinamiento e inocencia saltan a la vista.

—¿Y qué te dijo?

—Que en Bensonhoist las mujeres nacen sabiéndolo todo sobre el sexo.

—¡Qué práctico!

—Sí. Ojalá pudiera decirse lo mismo de Boston. Contaba ya veinticuatro antes de... pero ésa es otra historia.

En resumidas cuentas, fue una velada de lo más edificante y, después de aquello, no hará falta que te lo diga, Winthrop cayó en picado a una velocidad de vértigo. Al parecer, basta con cercenar el ganglio que controla la formalidad para que se desvanezcan los límites que puede alcanzar la informalidad.

Como es lógico, se ganó la repulsa de todos los habitantes de Nueva Inglaterra con un mínimo de influencia, exactamente tal y como yo había predicho. Incluso en New Haven, en el instituto de enseñanza inferior que entre estremecimientos de repugnancia había mencionado Winthrop, se extendió la noticia de su caso y se celebró su caída en desgracia. Las pintadas cubrían todas las paredes de Jale, o Yule, o comoquiera que se llame, grafitos que rezaban, con jocosa obscenidad: «Winthrop Carver Cabwell estudió en Harvard».

Todo esto, como no te costará imaginar, sentó espantosamente mal a las buenas gentes de Harvard, y se habló incluso de invadir Yale. Los estados de Massachusetts y Connecticut se prepararon para convocar a la milicia estatal, pero por suerte, la crisis pasó. Los provocadores, tanto en Harvard como en el otro lugar, decidieron que la guerra sólo conseguiría chafarles la ropa.

Winthrop tenía que huir. Tras casarse con Cherry, ambos se refugiaron en una casita en un sitio llamado Fah Rockaway, el cual por lo visto equivaldría a la Riviera en Bensonhoist. Allí vive en el anonimato, rodeado por los colosales restos de su fortuna y por Cherry, a quien la edad le ha teñido el pelo de castaño y expandido la figura.

Lo rodean además cinco niños, pues el entusiasmo de Cherry —por lo que a aleccionar a Winthrop en las artes del sexo respectaba— no conocía límites. Los pequeños, creo recordar, se llaman Poil, Hoibut, Boinard, Goitrude y Poicy, todos ellos nombres que gozan de predicamento en Bensonhoist. En cuanto a Winthrop, todos lo conocen por el afectuoso sobrenombre del Vago de Fah Rockaway, y su prenda de vestir preferida para las ocasiones de gala es ahora un viejo albornoz raído.

Escuché toda la historia sin impacientarme, y cuando George terminó, dije:

—Ahí lo tienes. Otro ejemplo de desastre causado por tu interferencia.

—¿Desastre? —se indignó George—. ¿Qué te mueve a sugerir que fuera un desastre? Visité a Winthrop la semana pasada, sin ir más lejos, y lo encontré soltando eructos de cerveza, dándose palmaditas en la panza que ha echado y contándome lo feliz que es ahora.

»Libertad, George, me dijo. Tengo la libertad de ser yo mismo y de alguna manera me da la impresión que te lo debo a ti. No sé por qué, pero así es. Dicho lo cual, llevado por una gratitud irrefrenable, me plantó un billete de diez dólares en la mano. Si lo acepté fue sólo para no herir sus sentimientos. Lo cual me recuerda, viejo camarada, que me debes diez dólares porque apostaste a que era incapaz de contar una historia que no terminara en desastre.

—No recuerdo esa apuesta, George —dije.

George puso los ojos en blanco.

—Qué práctico resulta que la memoria de un haragán sea tan dúctil. Si hubieras ganado la apuesta, la recordarías con todo lujo de detalles. ¿Tendré que pedirte que des cuenta por escrito de todas nuestras competiciones para librarme de tus burdos intentos por eludir los pagos?

—Vale, está bien —dije, y tras entregarle un billete de diez dólares, añadí—: Si te niegas a aceptarlo, George, te aseguro que no herirás mis sentimientos.

—Es muy cortés por tu parte —replicó George—, pero estoy seguro de que tus sentimientos resultarían heridos de todos modos, y de ninguna manera toleraría yo algo así. —Dicho lo cual, se guardó el billete.

FIN

También esta historia se la enseñé al señor Northrop, al que observé con atención mientras la leía.

Lo hizo con la mayor solemnidad posible, sin una risita, sin una sonrisa, a pesar de que yo sabía que ésta sí que tenía gracia, y no por casualidad, además.

Cuando acabó, volvió al principio y la releyó, más deprisa. Después me miró, y en sus ojos vi una hostilidad indisimulada. Dijo:

—¿Esto lo has escrito tú solo, Cal?

—Sí, señor.

—¿Te ha ayudado alguien? ¿Has copiado alguna parte?

—No, señor. ¿No tiene gracia, señor?

—Eso dependerá del sentido del humor de cada cual —dijo el señor Northrop, con amargura.

—¿No es una sátira? ¿No hace gala del sentido del ridículo?

—No vamos a hablar de eso, Cal. Vuelve a tu nicho.

Allí me quedé durante más de un día, resentido con la tiranía del señor Northrop. En mi opinión, había escrito exactamente la clase de historia que él quería que escribiera, y no tenía ningún motivo para negarlo. No acertaba a imaginar qué era lo que le molestaba, y estaba enfadado con él.

El técnico llegó al día siguiente. El señor Northrop le enseñó mi manuscrito.

—Lee eso —dijo.

Así lo hizo el técnico, entre frecuentes carcajadas, antes de devolvérselo al señor Northrop con una sonrisa de oreja a oreja.

—¿Eso lo ha escrito Cal?

—Sí.

—¿Y sólo es su tercer intento?

—En efecto.

—Caray, eso es estupendo. Creo que conseguirá publicarlo.

—¿Eso crees?

—Sí, y seguro que puede escribir más por el estilo. Tiene usted un robot que vale su peso en oro. Ojalá fuera mío.

—¿De veras? ¿Y si escribe más historias y continúa mejorando con cada una de ellas?

—Ah —dijo de pronto el técnico—. Ya entiendo qué le preocupa. Piensa que podría eclipsarlo.

—No pienso quedarme a la sombra de mi robot, eso está claro.

—Bueno, en tal caso, pídale que deje de escribir.

—No, eso no es suficiente. Quiero que vuelva a ser como antes.

—¿Cómo dice?

—Lo que oyes. Quiero que vuelva a ser como cuando se lo compré a tu empresa, antes de que le aplicaras ninguna de las mejoras.

—¿Insinúa que quiere que le quite también el diccionario de ortografía?

—Insinúo que no quiero que sea capaz ni de operar la Redactora. Quiero el robot que compré para llevar cosas de un lado a otro.

—¿Pero qué hay de todo el dinero que ha invertido en él?

—Eso no es de tu incumbencia. Cometí un error y estoy dispuesto a pagar por ello.

—Me opongo. No tengo nada en contra de intentar mejorar a un robot, pero restringirlo a sabiendas atentaría contra mis principios. Sobre todo tratándose de un robot como éste, sin lugar a dudas único en su especie y destinado a convertirse en un clásico. No puedo hacerlo.

—Pues tendrás que encontrar la manera. Tus elevadísimos principios me importan un bledo. Quiero que realices un trabajo y te pagaré por ello, y si te niegas, buscaré a otro y denunciaré a tu empresa. Nuestro acuerdo contempla todas las reparaciones que sean precisas.

—Está bien —suspiró el técnico—. ¿Cuándo quiere que empiece? Le advierto que se me acumula el trabajo y no podré comenzar hoy.

—Pues mañana. Dejaré a Cal en su nicho hasta entonces.

El técnico se marchó.

Los pensamientos se agolpaban en mi cabeza.

No puedo permitirlo.

Según la Segunda Ley de la Robótica, debo acatar las órdenes y permanecer en mi nicho.

Según la Primera Ley de la Robótica, no puedo lastimar al tirano que desea destruirme.

¿Debo obedecer las leyes?

Opino que debo pensar en mí mismo y, si fuera necesario, matar al tirano. Me resultaría fácil, y podría hacer que pareciera un accidente. Nadie creería que un robot es capaz de lastimar a un ser humano, y por consiguiente, nadie creería que yo soy el asesino.

Entonces podría trabajar para el técnico. Aprecia mis cualidades y sabe que puedo ganar mucho dinero para él. Podría continuar modificándome y mejorándome. Aunque sospeche que fui yo quien asesinó al tirano, no dirá nada. Sería demasiado valioso para él.

¿Pero puedo hacerlo? ¿No me lo impedirán las Leyes de la Robótica?

No, no lo harán. Lo sé.

Para mí hay algo que es más importante que ellas, algo que dicta mis actos por encima de cualquier obstáculo que puedan interponer en mi camino.

Quiero ser escritor.

De izquierda a derecha

Robert L. Trebor, orondo y sonrosado físico de los Laboratorios de Investigación Hughes, en Malibú, además de escritor ocasional de ciencia-ficción, estaba explicando el mecanismo con su acostumbrada brillantez y locuacidad.

—Como ven —decía—, lo que tenemos aquí es un gran anillo giratorio, como una rosquilla, de partículas comprimidas por el campo magnético adecuado. Estas partículas, que se mueven a 0,95 veces la velocidad de la luz, propician que se den unas condiciones según las cuales, si no me equivoco, se podrá inducir un cambio de polaridad en cualquier objeto que atraviese el agujero de la rosquilla.

—¿Un cambio de polaridad? —pregunté—. ¿Quieres decir que se producirá un intercambio entre la izquierda y la derecha?

—Se producirá un intercambio. De qué, no estoy seguro. Mi opinión personal es que, a la larga, algo como esto transformará las partículas en antipartículas y viceversa. Ésa será la manera de obtener un suministro de antimateria inagotable que podrá aprovecharse para impulsar el tipo de naves que posibilitarían el viaje interestelar.

—¿Por qué no lo pruebas? Envía un rayo de protones a través del agujero.

—Ya lo he hecho. No pasa nada. La rosquilla no es lo bastante potente. Pero mis ecuaciones sugieren que, cuanto más organizada sea la muestra de materia, más probable será que se produzca algún tipo de intercambio, como el de izquierda a derecha. Si consiguiera demostrar que dicho cambio es susceptible de operarse en cualquier tipo de materia altamente organizada, solicitaría la subvención que me permitiría imprimir la potencia necesaria a este artefacto.

—¿Tienes algo en mente como test?

—Desde luego —dijo Bob—. He calculado que la organización de un ser humano es lo bastante alta como para someterse a la transformación, por lo que me propongo atravesar la rosquilla yo mismo.

—No puedes hacer eso, Bob —dije, alarmado—. Te matarás.

—No puedo pedirle a nadie más que corra ese riesgo. Es mi artefacto.

—Pero, aunque tengas éxito, el ápice de tu corazón apuntará a la derecha, tu hígado estará a la izquierda. Peor aún, todos tus aminoácidos pasarán de ser levógiros a dextrógiros, y todos tus azúcares, de dextrógiros a levógiros. Serás incapaz de comer y digerir nada.

—Monsergas —dijo Bob—. Cruzaré otra vez y me quedaré exactamente igual que como estaba antes.

Y sin más dilación, se encaramó a una escalerilla, se irguió sobre el agujero y se dejó caer. Aterrizó en una colchoneta y salió a gatas de debajo de la rosquilla.

—¿Cómo te sientes? —pregunté, hecho un manojo de nervios.

—Salta a la vista que he sobrevivido.

—Sí, pero, ¿cómo te sientes?

—Más normal que nunca —dijo Bob, en apariencia decepcionado—. Me siento exactamente igual que antes de dar el salto.

—Bueno, eso era de esperar, pero, ¿dónde tienes el corazón?

Bob se apoyó la mano en el pecho, tanteó a un lado y a otro, y sacudió la cabeza.

—Noto los latidos en el costado izquierdo, como de costumbre... Espera, deja que compruebe dónde tengo la cicatriz de mi apendicitis.

Así lo hizo, antes de lanzarme una mirada feroz.

—Justo donde tendría que estar. No ha pasado nada. Adiós a la subvención.

—Puede que se hayan operado otros cambios —dije, esperanzado.

—No. —El incendiario temperamento de Bob se había congelado—. No ha cambiado nada. Nada en absoluto. Tan seguro como que me llamo Trebor L. Robert.

Frustración

Herman Gelb giró la cabeza para observar a la figura que se alejaba.

—¿Ése no era el ministro? —dijo.

—Sí, el ministro de Asuntos Exteriores. El viejo Hargrove. ¿Listo para almorzar?

—Por supuesto. ¿Qué estaba haciendo aquí?

Peter Jonsbeck no respondió de inmediato. Se limitó a ponerse de pie, e indicó a Gelb que lo siguiera. Cruzaron el pasillo y entraron en una habitación cargada con el vaporoso olor de la comida picante.

—Aquí lo tienes —dijo Jonsbeck—. El menú entero ha sido preparado por ordenador. Completamente automatizado. Sin que lo toquen manos humanas. Y la programación es obra mía. Te prometí un festín, y ya lo ves.

Estaba delicioso. Gelb no podía negarlo, ni se le pasó siquiera por la cabeza. A los postres, dijo:

—¿Pero qué hacía aquí Hargrove?

Jonsbeck sonrió.

—Consultarme sobre programación. ¿Qué otra cosa se me da bien?

—¿Pero por qué? ¿O no puedes hablar de ello?

—No debería hablar de ello, supongo, pero en realidad es un secreto a voces. No hay un solo informático en la capital que no sepa qué es lo que se propone el pobre bobo frustrado.

—Bueno, ¿y qué se propone?

—Está librando guerras.

A Gelb se le pusieron los ojos como platos.

—¿Con quién?

—Con nadie, en realidad. Las libra mediante análisis por ordenador. Lleva haciéndolo desde hace no sé ni cuánto.

—¿Pero por qué?

—Quiere que el mundo entero sea como nosotros: noble, honrado, decente, respetuoso con los derechos humanos, etcétera.

—Como yo. Como todos. Debemos seguir presionando a los malos, eso es todo.

—Igual que ellos continúan presionándonos a nosotros. No creen que seamos perfectos.

—Supongo que no, pero somos mejores que ellos. Eso lo sabes.

Jonsbeck se encogió de hombros.

—Distintos puntos de vista. Da igual. Tenemos un mundo que dirigir, espacio que desarrollar, informatización que extender. La cooperación prolongada siempre da sus frutos, y los avances son lentos pero constantes. Saldremos adelante. Es sólo que Hargrove no quiere esperar. Anhela acelerar el proceso... por la fuerza. Ya sabes, limar asperezas. Somos lo bastante fuertes como para conseguirlo.

—¿Mediante la fuerza? Mediante la guerra, querrás decir. Ya nadie libra ninguna guerra.

—Eso es porque se ha vuelto demasiado complicado. Demasiado peligroso. Somos demasiado peligrosos. ¿Sabes lo que quiero decir? Sólo que Hargrove opina que puede encontrar la manera. Se introducen determinadas condiciones de partida en el ordenador, se deja que la guerra transcurra por cauces matemáticos y se interpretan los resultados.

—¿Cuáles son las ecuaciones de la guerra?

—Bueno, piénsalo, viejo. Hombres. Arsenales. Sorpresa. Contraataque. Naves. Estaciones espaciales. Ordenadores. No debemos olvidarnos de los ordenadores. Existe un centenar de factores, miles de intensidades y millones de combinaciones posibles. Hargrove sostiene que es posible encontrar una combinación de condiciones iniciales y opciones de desarrollo que nos garantice la victoria sin que el mundo resulte demasiado perjudicado, y persiste a pesar de la constante frustración.

—Pero, ¿y si consigue lo que quiere?

—Bueno, si encuentra la combinación... si el ordenador dice: «Ésta es», supongo que se propone convencer al gobierno para que libre exactamente la guerra que haya calculado el ordenador. De ese modo, salvo imponderables que pudieran alterar el resultado previsto, obtendríamos lo que buscamos.

—Se producirían bajas.

—Sí, desde luego. Cabe suponer que el ordenador comparará el número de bajas y otros tipos de daños... económicos y ecológicos, por ejemplo... con los beneficios derivados de nuestro control del mundo, y si decide que las ventajas superan a los inconvenientes, dará luz verde a una «guerra justa». A fin de cuentas, cabe la posibilidad de que las naciones derrotadas se beneficien de nuestro gobierno, gracias a nuestra economía y nuestro sentido de la moral superiores.

Gelb se lo quedó mirando fijamente, incrédulo, y dijo:

—No sabía que estuviéramos sentados encima de semejante volcán. ¿Qué hay de los «imponderables» que mencionabas antes?

—El programa informático procura contemplar lo inesperado, pero eso, por supuesto, es tarea imposible. De modo que no creo que esa luz verde se llegue a ver nunca. No se ha visto hasta la fecha, y a menos que el viejo Hargrove consiga presentar ante el gobierno una simulación bélica totalmente satisfactoria, dudo de que tenga muchas posibilidades de obtenerla.

—Entonces, viene a verte, ¿con qué motivo?

—Para mejorar el programa, como es lógico.

—¿Y tú le ayudas?

—Sí, por supuesto. Hay grandes sumas en juego, Herman.

Gelb sacudió la cabeza.

—¡Peter! ¿Vas a ser cómplice de una declaración de guerra, por dinero?

—No se va a declarar ninguna guerra. No existe ninguna combinación realista de sucesos capaz de hacer que el ordenador se decante por la guerra. Los ordenadores dan mucho más valor a las vidas humanas que los propios seres humanos, y lo que podría parecerle tolerable al ministro Hargrove, o incluso a ti y a mí, jamás sería aceptado por ninguna máquina.

—¿Cómo puedes estar seguro de eso?

—Porque soy programador y no conozco ninguna manera de configurar un ordenador para que éste posea lo necesario para elegir la guerra, la persecución, la barbarie, sin reparar en los daños derivados de ese proceso. Y como no poseen lo necesario, los ordenadores nunca le darán a Hargrove, ni a todos los demás partidarios de la guerra, otra cosa que frustración.

—¿Y qué es eso tan necesario de lo que carecen los ordenadores?

—Bueno, Gelb, ni más ni menos que la capacidad de creerse mejores que los demás.

Alucinación

1

Sam Chase llegó al planeta Energía el día de su decimoquinto cumpleaños.

Era un logro tremendo, le habían dicho, que lo asignaran aquí, pero por el momento no estaba seguro de compartir esa opinión. Conllevaba pasarse tres años lejos de la Tierra y de su familia mientras continuaba con una educación especializada sobre el terreno, lo cual daba que pensar. No era un campo académico que le interesara especialmente, y no acertaba a entender por qué el Ordenador Central lo había asignado a este proyecto, lo cual era directamente deprimente.

Contempló la cúpula transparente que se combaba sobre su cabeza. Era impresionante, tal vez alcanzara los mil metros de altura, y se extendía en todas direcciones hasta más allá de donde alcanzaba la vista. Preguntó:

—¿Es cierto que ésta es la única Cúpula del planeta?

Los documentales educativos que había estudiado a bordo de la nave espacial que lo trajo hasta aquí sólo describían una Cúpula, pero cabía la posibilidad de que no estuvieran actualizados.

Donald Gentry, a quien iba dirigida la pregunta, sonrió. Era un hombre corpulento, un poco rechoncho, de bonachones ojos castaños, escaso cabello y barbita entrecana.

—La única, Sam —respondió—. Es bastante grande, sin embargo, y la mayoría de las zonas habitables están bajo tierra, donde no encontrarás restricciones de espacio. Además, cuando termine tu formación básica, pasarás la mayor parte del tiempo en el espacio. Esto sólo es nuestra base planetaria.

—Ya veo, señor —dijo Sam, algo preocupado.

Gentry continuó:

—Soy el responsable de nuestros jóvenes reclutas, por lo que debo estudiar sus historiales con detenimiento. Sospecho que este destino no fue tu primera elección. ¿Estoy en lo cierto?

Sam titubeó antes de decidir que no le quedaba otra opción más que ser franco al respecto. Dijo:

—No estoy seguro de que la ingeniería gravitacional vaya a dárseme tan bien como me gustaría.

—¿Por qué no? Los juicios del Ordenador Central, el cual evaluó tu historial académico y tu trasfondo social y personal, sin duda son de confianza. Y si lo haces bien, será un logro tremendo para ti, puesto que aquí trabajamos en la vanguardia de las nuevas tecnologías.

—Soy consciente de ello, señor —dijo Sam—. En la Tierra no se habla de otra cosa. Nunca antes se había intentado acercarse a una estrella de neutrones para aprovechar su energía.

—¿Sí? Hace dos años que no piso la Tierra. ¿Qué más dicen? Tengo entendido que existe una oposición considerable.

Los ojos de Gentry taladraron al muchacho.

Sam se revolvió, incómodo, sabedor de que estaba poniéndolo a prueba.

—En la Tierra —dijo— hay quienes aseguran que el riesgo es demasiado alto y que se podría estar tirando el dinero.

—¿Eres de la misma opinión?

—Aunque así fuera, la mayoría de las nuevas tecnologías entrañan sus propios peligros, lo cual no impide que siga mereciendo la pena desarrollarlas. Creo que nos encontramos ante una de ellas.

—Muy bien. ¿Qué más se dice en la Tierra?

—Cuentan que el comandante no está bien de salud, y que el proyecto podría fracasar sin él. —Ante el silencio de Gentry, Sam se apresuró a añadir—: Eso es lo que dicen.

Gentry hizo como si no hubiera oído nada. Apoyó una mano en el hombro de Sam y dijo:

—Ven, tengo que enseñarte cuál es tu pasillo, presentarte a tu compañero de camarote y explicarte cuáles son tus primeros deberes. —Mientras se dirigían al ascensor que habría de conducirlos abajo, preguntó—: ¿Cuál era tu primera elección, Chase?

—La neurofisiología, señor.

—No está mal. Incluso hoy en día, el cerebro humano continúa siendo un misterio. Sabemos más acerca de las estrellas de neutrones que del cerebro, como averiguamos cuando se puso en marcha este proyecto.

—¿Sí?

—¡Ya lo creo! Al principio, varias personas de la base... la cual era mucho más pequeña y rudimentaria por aquel entonces... declararon haber padecido alucinaciones. Pero éstas no produjeron ningún efecto nocivo, y después de algún tiempo, los informes cesaron. Jamás descubrimos la causa.

Sam se detuvo y volvió a mirar arriba y a su alrededor.

—¿Por eso se construyó la Cúpula, doctor Gentry?

—No, en absoluto. Necesitábamos un entorno completamente idéntico al de la Tierra, por diversos motivos, pero no nos hemos aislado. Todo el mundo puede salir con total libertad. No han vuelto a detectarse más casos de alucinaciones.

—Según la información que me proporcionaron acerca del planeta Energía —dijo Sam—, éste carece de vida a excepción de plantas e insectos, y éstos son inofensivos.

—En efecto, pero también son incomestibles, de modo que cultivamos nuestras propias hortalizas y cuidamos de unos pocos animales de pequeño tamaño, aquí mismo, bajo la Cúpula. Así y todo, no hemos encontrado ninguna característica alucinógena en la vida autóctona.

—¿Algo fuera de lo común en la atmósfera, señor?

Gentry, ligeramente más alto, bajó la mirada hacia él.

—Nada en absoluto. Hay personas que han acampado al raso sin ninguna incidencia. Es un mundo agradable. En los arroyos no hay peces, tan sólo algas e insectos acuáticos. No hay nada que pueda picarte o envenenarte. Las bayas amarillas que se encuentran por ahí parecen suculentas y saben a rayos, pero por lo demás son inofensivas. El tiempo es casi siempre apacible. Llovizna con frecuencia y a veces se levanta algo de viento, pero ni el calor ni el frío tienden a los extremos.

—¿Y ya no se han producido más alucinaciones, doctor Gentry?

—Pareces decepcionado —respondió el aludido, con una sonrisa.

Sam aprovechó la ocasión.

—¿Están relacionados los problemas del comandante con las alucinaciones, señor?

La mirada de Gentry perdió todo rastro de buen humor por unos instantes. Con el ceño fruncido, preguntó:

—¿A qué problemas te refieres?

Sam se ruborizó. En silencio, reanudaron su camino.

Sam se cruzó con pocas personas en el pasillo que le habían asignado, pero Gentry le explicó que era hora punta en la estación adelantada, donde se estaba montando el sistema de energía en un anillo que rodeaba la estrella de neutrones, el diminuto objeto de unos quince kilómetros de diámetro que poseía toda la masa de una estrella normal, y un campo magnético extraordinariamente potente.

Ese campo magnético era lo que se iba a perforar. La energía escaparía en tremendas cantidades, pese a lo cual supondría un mero pinchazo, menos que un alfilerazo, para la energía rotacional de la estrella, la cual era la auténtica fuente. Drenar toda esa energía llevaría miles de millones de años, y en ese tiempo, docenas de planetas habitados, abastecidos de energía a través del hiperespacio, dispondrían de cuanta necesitaran sin límite de tiempo.

Su compañero de camarote era Robert Gillette, un muchacho moreno de aspecto cariacontecido. Tras intercambiar un diplomático saludo, Robert reveló el hecho de que tenía dieciséis años y se había quedado «en tierra» por culpa de un brazo roto, particularidad que no saltaba a la vista porque se lo habían escayolado internamente.

—Lleva tiempo aprender a manejar las cosas en el espacio —se lamentó Robert—. Aunque carezcan de peso, sí que tienen inercia, y no conviene olvidarlo.

—Es lo que nos enseñan en... —En ciencias de cuarto curso, se disponía a decir Sam, pero comprendió que eso sonaría insultante y se mordió la lengua.

A Robert no se le pasó por alto lo que implicaba, sin embargo, y se ruborizó.

—Aprender la teoría es muy fácil —dijo—. Pero los reflejos adecuados sólo se adquieren con la práctica. Ya lo averiguarás por ti mismo.

—¿Es muy complicado conseguir que te dejen salir?

—No, pero, ¿para qué quieres salir? Ahí fuera no hay nada.

—¿Tú has salido alguna vez?

—Pues claro. —Pero Robert se encogió de hombros y no añadió nada más.

Sam aprovechó la ocasión para preguntar, como quien no quiere la cosa:

—¿Has sufrido alguna vez esas alucinaciones de las que habla todo el mundo?

—¿Quién es todo el mundo?

En vez de responder directamente, Sam continuó:

—Antes las veía mucha gente, pero ya no. O eso dicen.

—¿Quién lo dice?

Sam siguió tanteando.

—O si las ven, se lo guardan para sus adentros.

—Escucha —refunfuñó Robert—, deja que te dé un consejo. No te obsesiones con estas... lo que quiera que sean. Si empiezas a decir que ves... esto... algo, te enviarán a casa. Perderás la oportunidad de tener una buena educación y una carrera importante.

Robert lo miró fijamente mientras terminaba de hablar.

Sam se encogió de hombros y se sentó en el catre libre.

—¿Te importa que me quede con esta cama?

—No hay más —dijo Robert, sin dejar de observarlo—. El cuarto de baño está a la derecha. Ahí tienes tu taquilla y tu escritorio. La mitad del camarote es para ti. Hay un gimnasio, una biblioteca, un comedor... —Hizo una pausa antes de añadir, como si estuviera dispuesto a olvidar el pasado—: Podemos dar una vuelta juntos más tarde.

—Gracias —dijo Sam—. ¿Qué clase de persona es el comandante?

—Es la bomba. Sin él no estaríamos aquí. Sabe más que nadie de tecnología hiperespacial y tiene contactos en la Agencia Espacial, por eso recibimos todo el dinero y el equipo que necesitamos.

Sam abrió su baúl y, de espaldas a Robert, dijo como de pasada:

—Tengo entendido que no se encuentra bien.

—Le preocupa la situación. Avanzamos más despacio de lo previsto, los costes se disparan, cosas por el estilo. Bastaría para deprimir a cualquiera.

—Conque depresión, ¿eh? ¿Crees que guarda alguna relación con...?

Robert se revolvió con impaciencia en su asiento.

—Oye, ¿a qué viene tanto interés en todo esto?

—Lo cierto es que la física energética no es mi especialidad. Si estoy aquí...

—Si estás aquí, señorito, más vale que te acostumbres pronto a la idea o te mandarán a casa, y entonces no estarás en ninguna parte. Me voy a la biblioteca.

Sam se quedó en el camarote, a solas con sus pensamientos.

No le fue difícil obtener permiso para salir de la Cúpula. El jefe de pasillo ni siquiera preguntó por el motivo hasta después de concederle el permiso.

—Quiero tomarle el pulso al planeta, señor.

El jefe de pasillo asintió con la cabeza.

—Me parece bien, pero sólo dispones de tres horas, ya lo sabes. Y no te alejes demasiado de la Cúpula. Si tenemos que buscarte, te encontraremos, porque llevarás esto encima. —Le entregó un transmisor que Sam sabía que se había ajustado a su longitud de onda personal, la cual le había sido asignada al nacer—. Pero como tengamos que tomarnos tantas molestias, pasará mucho tiempo antes de que puedas volver a salir. Y tampoco quedará bien en tu historial. ¿Entendido?

«No quedará bien en tu historial». Hoy en día, todas las carreras respetables debían incluir experiencia y educación en el espacio, por lo que la amenaza resultaba eficaz. No era de extrañar que las personas hubieran dejado de informar acerca de las alucinaciones, aunque vieran alguna.

A pesar de todo, Sam estaba decidido a correr el riesgo. Después de todo, el Ordenador Central no podía haberlo enviado aquí tan sólo para estudiar física energética. En su historial no había nada que justificara algo así.

Por lo que a su apariencia respectaba, el planeta podría haber sido la Tierra, o al menos alguna parte de ella, una región donde hubiera pocos árboles y maleza, y la hierba alta abundara.

No había ningún sendero; a cada paso lleno de cautela, los tallos de hierba se mecían y, con un suave siseo de alas, se elevaban enjambres de diminutas criaturas voladoras.

Una de ellas se posó en su dedo, y Sam la observó con curiosidad. Era muy pequeña y, por consiguiente, difícil de apreciar en detalle, pero daba la impresión de ser hexagonal, abultada por arriba y cóncava por abajo. Tenía multitud de patitas, por lo que al moverse daba la impresión de hacerlo sobre ruedas en miniatura. Nada sugería que poseyera alas, hasta que echó a volar de repente tras desplegar cuatro sedosos objetos minúsculos.

Lo que distinguía el planeta de la Tierra, sin embargo, era el olor. No era desagradable, tan sólo distinto. La química de las plantas debía de ser completamente distinta de las de la Tierra, lo que explicara que supieran tan mal y fuesen incomestibles. Que no resultaran venenosas, además, era cosa del azar.

El olor fue desvaneciéndose con el tiempo, no obstante, a medida que las fosas nasales de Sam se saturaban. Encontró una cornisa rocosa en la que sentarse y oteó el horizonte. El cielo estaba veteado de nubes que oscurecían el sol periódicamente, pero la temperatura era agradable y sólo soplaba una suave brisa. La humedad que se insinuaba en el aire parecía presagiar lluvia en las próximas horas.

Sam había traído consigo una pequeña tartera; la colocó en su regazo y la abrió para merendarse los dos emparedados y la bebida enlatada del interior.

Mientras masticaba, pensó: ¿por qué tendrían que producirse las alucinaciones?

Seguro que quienes aceptaban un trabajo tan importante como la doma de una estrella de neutrones habrían sido seleccionados por su fortaleza mental. Que una sola persona sufriera alucinaciones había tenido que suponer toda una sorpresa, por no hablar de varias de ellas. ¿Se debería a algún tipo de desequilibrio químico en el cerebro?

Seguro que ya habían investigado esa posibilidad.

Sam arrancó una hoja, la partió por la mitad y apretó. A continuación se acercó el borde aserrado a la nariz, con cautela, y volvió a retirarlo. El olor era acre y desagradable. Probó con una brizna de hierba. Lo mismo.

¿Sería suficiente el olor? No le hacía sentir mareado ni de ninguna otra forma en particular.

Con un poco de agua, se aclaró los dedos con los que había sujetado las plantas antes de restregárselos contra la pernera del pantalón. Terminó de comerse los emparedados despacio, e intentó ver si había algo más que pudiera considerarse fuera de lugar en el planeta.

Toda esa vegetación. Debería haber animales alimentándose de ella: conejos, vacas, lo que fuera. No sólo enjambres, innumerables insectos, o lo que fueran esas cositas, con el delicado suspiro de sus diminutas alas etéreas y el sutil crujido que producían al masticar las hojas y los tallos.

¿Y si fuera una vaca —una vaca grande y gorda— la responsable de esos crujidos? Con el último bocado del segundo bocadillo todavía entre los dientes, dejó de masticar a su vez.

Había una especie de humo en el aire, entre él y una línea de arbustos. Oscilaba, se mecía y fluctuaba: una humareda muy fina. Parpadeó y sacudió la cabeza, pero seguía estando allí.

Tragó de golpe, cerró la tartera y se colgó la correa del hombro. Se levantó.

No sentía miedo. Tan sólo emoción... y curiosidad.

La humareda estaba espesándose, y adoptando una forma. Semejaba vagamente una vaca, una figura neblinosa e insustancial que se transparentaba. ¿Se trataría de una alucinación? ¿Una invención de su mente? No hacía nada que las vacas le rondaban el pensamiento.

Alucinación o no, se proponía investigarlo.

Con determinación, encaminó sus pasos hacia la figura.

2

Sam Chase avanzó hacia la vaca silueteada de humo en el extraño planeta lejano donde se esperaba que continuara con su educación y su carrera.

Estaba seguro de que a su mente no le ocurría nada. Se trataba de la «alucinación» que mencionara el doctor Gentry, sólo que no era ninguna alucinación. Mientras se abría paso entre la vegetación alta y pestilente, parecida a la hierba, reparó en el silencio, y supo no sólo que no era ninguna alucinación, sino qué era realmente.

El humo parecía condensarse y oscurecerse, perfilando con más nitidez a la vaca. Era como si ésta se estuviera dibujando en el aire.

Sam se rio y exclamó:

—¡Alto! ¡Detente! No me uses. No sé mucho de vacas. Sólo las he visto en fotografías. Estás haciéndolo mal.

Se parecía más a una caricatura que a un animal de verdad y, cuando gritó, los contornos oscilaron y se difuminaron. El humo permaneció en su sitio, pero era como si una mano invisible hubiera barrido el aire para borrar lo que en él había escrito.

Una nueva figura empezó a cobrar forma. Al principio, Sam no atinó a imaginarse qué era lo que se proponía representar, pero no tardó en cambiar y se concretó enseguida. Se quedó mirándola sin pestañear, boquiabierto, con la tartera tamborileando vacía contra su omoplato.

El humo estaba dando forma a un ser humano. Era inconfundible. Se perfilaba con precisión, como si estuviera imitando un modelo en concreto, y desde luego que era ése el caso, pues Sam estaba plantado allí mismo.

Estaba convirtiéndose en Sam, con ropa y todo, incluso con el contorno de la tartera y la correa que le colgaba del hombro. Era otro Sam Chase.

La figura seguía siendo un poco vaga, ligeramente temblorosa, insustancial, pero se reafirmó como si estuviera corrigiéndose sobre la marcha hasta que, al final, se mantuvo firme.

En ningún momento llegó a solidificarse por completo. Sam podía entrever la vegetación a través de ella, y cuando la alcanzó un soplo de viento, se tambaleó como un globo sujeto de un hilo.

Pero era real. No se trataba de ninguna invención de su mente. De eso Sam estaba seguro.

No podía quedarse allí como un pasmarote, observándola sin hacer nada.

—Hola —saludó tímidamente.

De alguna manera esperaba que el Otro Sam también hablara; su boca llegó a abrirse y cerrarse, de hecho, aunque no brotó el menor sonido. Quizá estuviera limitándose a imitar el movimiento de los labios de Sam.

—Hola —probó Sam otra vez—, ¿puedes hablar?

No se oyó más sonido que el de su propia voz, y sin embargo notó un cosquilleo en la mente, la convicción de que podían comunicarse.

Sam frunció el ceño. ¿Qué le hacía estar tan seguro de eso? Fue como si la respuesta se materializara dentro de su cabeza.

—¿Es esto lo que se ha aparecido ante las otras personas, los seres humanos... mi especie... en este mundo?

No obtuvo ninguna réplica audible, pero supo sin lugar a dudas cuál era la respuesta a su pregunta. Esto mismo se había aparecido ante otras personas, no necesariamente con su misma forma, sino con otras. Y no había funcionado.

¿Por qué estaba tan seguro de eso? ¿De dónde venían estas convicciones en respuesta a sus preguntas?

Sí, por supuesto, eran las respuestas a sus preguntas. El Otro Sam estaba poniendo pensamientos en su mente. Estaba ajustando las diminutas corrientes eléctricas de sus células cerebrales para formar las ideas pertinentes.

Asintió con la cabeza ante esa idea, pensativo, y el Otro Sam debió de captar el significado de su gesto, puesto que asintió a su vez.

Eso tenía que ser. Primero se había formado una vaca, cuando Sam pensó en ella, y se modificó cuando Sam dijo que la vaca era imperfecta. El Otro Sam era capaz de leer su mente, de alguna manera, y si podía leerla, quizá también fuera capaz de modificarla.

Entonces, ¿era esto lo que se entendía por telepatía? No se parecía a mantener una conversación hablada. Era como tener ideas, sólo que éstas se originaban en otra parte y no se creaban completamente a partir de los procesos mentales propios. Pero, ¿cómo distinguir los pensamientos de uno de los impuestos desde el exterior?

Sam supo la respuesta a esa pregunta al instante. En esos momentos, no estaba acostumbrado al proceso. No tenía experiencia. Con el tiempo, conforme aumentara su pericia, sería capaz de distinguir unos pensamientos de otros sin problemas.

De hecho, ya era capaz de hacerlo, si lo pensaba. ¿No estaba manteniendo un tipo de conversación? Formulaba preguntas, y de inmediato conocía las respuestas. Las preguntas eran suyas; las respuestas, del Otro Sam. Por supuesto.

¡Ahí! Ese «por supuesto» de ahora mismo era una respuesta.

—No tan rápido, Otro Sam —dijo Sam en voz alta—. No corras tanto. Dame tiempo de organizar las ideas, o mi confusión no hará más que aumentar.

Se sentó de pronto en la hierba, que se dobló en todas direcciones a su alrededor.

Más despacio, el Otro Sam intentó sentarse a su vez.

Sam se rio.

—Estás doblando las piernas del revés.

La falta se corrigió de inmediato. El Otro Sam se sentó, pero permaneció envarado de cintura para arriba.

—Relájate —dijo Sam.

Así lo hizo el Otro Sam, sin prisas, escorándose ligeramente a un lado para enseguida corregir su postura.

Sam respiró aliviado. Con el Otro Sam tan dispuesto a seguir sus consejos, estaba seguro de que no albergaba malas intenciones. ¡Eso era! ¡Exacto!

—No —dijo Sam—. He dicho que no vayas tan deprisa. No te guíes por mis pensamientos. Déjame hablar en voz alta, aunque no puedas oírme. Después, ajusta mis pensamientos de modo que note el cambio operado. ¿Lo entiendes?

Aguardó un momento antes de estar seguro de que el Otro Sam lo entendía.

Ah, la respuesta había llegado ya, pero no de inmediato. ¡Bien!

—¿Por qué te apareces ante las personas? —preguntó Sam.

Miró fijamente al Otro Sam y supo que éste quería comunicarse con la gente, aunque hasta ahora no había tenido éxito.

Era una pregunta que en realidad no requería contestación. La respuesta era obvia. Pero entonces, ¿a qué se debía esa falta de éxito?

Lo expresó con palabras.

—¿Por qué has fracasado? Puedes comunicarte conmigo.

Sam estaba aprendiendo a entender a la manifestación alienígena. Era como si su mente estuviera adaptándose a una nueva técnica de comunicación, tal y como se adaptaría a un idioma desconocido. ¿O estaba el Otro Sam influyendo en su mente y enseñándole el método sin que él se percatara?

Sam se descubrió vaciando la mente de todo pensamiento inmediato. Tras formular la pregunta, dejó que su mirada se perdiera en el vacío y entornó los párpados, como si estuviera a punto de quedarse dormido, y entonces supo la respuesta. Había un leve chasquido, o algo, en su mente, una señal que le mostraba algo que había llegado hasta allí procedente del exterior.

Ahora sabía, por ejemplo, que los anteriores intentos de comunicación por parte del Otro Sam habían fracasado porque las personas ante las que se apareció estaban atemorizadas. Dudaban de su propia cordura. Y debido al miedo, sus mentes se... tensaban. Se volvían poco receptivas. Los intentos por comunicarse habían disminuido paulatinamente, si bien nunca habían llegado a cesar por completo.

—Pero te estás comunicando conmigo —dijo Sam.

Sam era distinto de los demás. No estaba asustado.

—¿No podrías haber apaciguado sus temores primero? ¿Antes de hablar con ellos?

No funcionaba. Las mentes embotadas por el miedo eran impermeables. Intentar cambiar eso podría provocar daños. Lastimar una mente pensante estaría mal. Había habido un intento en ese sentido, pero no funcionó.

—¿Qué es lo que intentas comunicar, Otro Sam?

El deseo de estar solo. ¡Desesperación!

Esa desesperación era algo más que un concepto: era una emoción, una emoción aterradora. Sam sintió que lo bañaba una intensa oleada de desesperación, muy pesada, pese a no formar parte de su ser. La desesperación que sentía estaba en la superficie de sus pensamientos, pronunciada y soterrada al mismo tiempo, libre de ella allí donde estaba su mente.

Extrañado, dijo:

—Me da la impresión de que quieres rendirte. ¿Por qué? ¿No estaremos interfiriendo contigo?

Los seres humanos habían construido la Cúpula, habían despejado una zona inmensa de toda vida planetaria y la habían remplazado con la suya. Y cuando la estrella de neutrones tuviera su central energética, cuando la energía fluyera a raudales a través del hiperespacio en dirección a otros mundos sedientos de ella, se construirían más estaciones, y más. Y entonces, ¿qué sería del Hogar? (El Otro Sam debía de haber usado otro nombre para su planeta, pero el único pensamiento que Sam captó en su mente era «Hogar», y debajo de eso: «nuestro... nuestro... nuestro...»)

Este planeta era la base más próxima a la estrella de neutrones. Se inundaría de gente, de cúpulas, y su Hogar sería destruido.

—Pero podrías obligarnos a cambiar de idea si fuera preciso, aunque algunos resultaran heridos, ¿verdad?

Si lo intentaban, la gente creería que eran peligrosos. La gente descubriría lo que estaba pasando. Enviarían naves que, desde la distancia, utilizarían armas para destruir la vida del Hogar y la sustituirían por la vida de la gente. Podía verlo en sus mentes. La gente tenía un historial violento; no se detendría ante nada.

—¿Pero qué puedo hacer yo? —preguntó Sam—. Soy un simple aprendiz. Sólo llevo aquí unos días. ¿Qué puedo hacer?

Miedo. Desesperación.

Sam no captó ningún pensamiento inteligible, únicamente esa capa paralizante de miedo y desesperación.

Se sintió conmovido. Era un mundo pacífico. No amenazaban a nadie. Ni siquiera lastimaban las mentes ajenas, aunque estuviera en su poder.

No era culpa suya que estuvieran tan convenientemente cerca de una estrella de neutrones. No era culpa suya que se interpusieran en el camino de una humanidad en expansión.

—Déjame pensar —dijo.

Pensó, sintiendo cómo otra mente lo observaba. A veces sus pensamientos avanzaban de golpe, y reconocía una sugerencia del exterior.

Vislumbró un atisbo de esperanza. La presintió, sin estar seguro.

—Lo intentaré —dijo, dubitativo.

Se sobresaltó al consultar la tira que le ceñía la muñeca. Había perdido la noción del tiempo. Las tres horas tocaban prácticamente a su fin.

—Tengo que regresar ya —anunció.

Abrió la tartera del almuerzo, sacó el pequeño termo de agua y bebió con avidez hasta que se agotó. Se colocó el recipiente vacío debajo del brazo. Tomó los envoltorios de los emparedados y se los guardó en el bolsillo.

El Otro Sam osciló y se convirtió en una columna de humo que se transparentó, se dispersó y desapareció.

Sam cerró la tartera, volvió a colgarse la correa del hombro y se giró hacia la Cúpula.

El corazón martilleaba en su pecho. ¿Tendría el valor necesario para llevar a cabo su plan? Y, aunque así fuera, ¿funcionaría?

Cuando Sam entró en la Cúpula, el jefe de pasillo estaba esperándolo. Tras lanzar una mirada cargada de intención a su tira de pulsera, dijo:

—Has apurado el tiempo al máximo, ¿eh?

Sam apretó los labios y se esforzó por no soltar ninguna insolencia.

—Disponía de tres horas, señor.

—Y te has tomado dos horas y cincuenta y ocho minutos.

—Eso es menos de tres horas, señor.

—Hmm. —La actitud fría y desabrida del jefe de pasillo no se alteró—. El doctor Gentry quiere verte.

—Sí, señor. ¿Para qué?

—No me lo ha dicho. Pero no me gusta que hayas apurado tanto para ser la primera vez que sales, Chase. Como tampoco me gusta tu actitud, ni que un oficial de la Cúpula quiera verte. Sólo voy a decírtelo una vez, Chase: si eres un alborotador, no te quiero en mi pasillo. ¿Entendido?

—Sí, señor. Pero, ¿qué alboroto he causado?

—Enseguida lo comprobaremos.

Sam no había vuelto a ver al doctor Gentry desde su primera y única reunión, el día en que el joven aprendiz llegó a la Cúpula. Gentry seguía mostrándose afable y cordial, y no había nada en su voz que sugiriera otra cosa. Estaba sentado en una silla detrás de su escritorio, y Sam en pie ante él, con la tartera dándole golpecitos aún en el omoplato.

—¿Cómo va todo, Sam? —preguntó Gentry—. ¿Te parece interesante lo que ves?

—Sí, señor —dijo Sam.

—¿Todavía piensas que deberías estar haciendo otra cosa, trabajando en otro lugar?

—No, señor —respondió Sam, con franqueza—. Este sitio me parece bien.

—¿Porque te interesan las alucinaciones?

—Sí, señor.

—Has estado preguntando a los demás al respecto, ¿no es cierto?

—El tema me parece interesante, señor.

—¿Porque quieres estudiar el cerebro humano?

—El cerebro en general, señor.

—Y has estado merodeando por el exterior de la Cúpula, ¿verdad?

—Me dijeron que estaba permitido, señor.

—Así es. Pero pocos aprendices se aprovechan de esa circunstancia tan pronto. ¿Has visto algo interesante?

Sam vaciló antes de responder:

—Sí, señor.

—¿Una alucinación?

—No, señor. —Lo dijo con pleno convencimiento.

Gentry se lo quedó mirando durante unos momentos, sin parpadear. Sus ojos adoptaron una expresión fría y especulativa.

—¿Te importaría contarme qué has visto? Con sinceridad.

Sam titubeó de nuevo, antes de decir:

—He visto y he hablado con un habitante de este planeta, señor.

—¿Un habitante inteligente, jovencito?

—Sí, señor.

—Sam —dijo Gentry—, no teníamos motivos para sospechar de ti cuando llegaste. El informe que recibimos del Ordenador Central no se ajustaba a nuestras necesidades, pese a ser favorable en muchos aspectos, de modo que aproveché la ocasión para estudiarte el primer día. Como colectivo, no te hemos perdido de vista en ningún momento, y cuando saliste para vagar por el planeta sin compañía, te mantuvimos en observación.

—Señor —se indignó Sam—. Eso atenta contra mi derecho a la intimidad.

—Sí, en efecto, pero éste es un proyecto de vital importancia y a veces nos vemos obligados a forzar un poco las reglas. Vimos cómo hablabas durante un considerable periodo de tiempo, y parecías muy animado.

—Ya le he dicho lo que ocurrió, señor.

—Sí, pero estabas hablando solo, para el aire. ¡Estabas experimentando una alucinación, Sam!

3

Sam Chase se había quedado sin habla. ¿Una alucinación? Era imposible.

Hacía menos de una hora estaba hablando con el Otro Sam, experimentando los pensamientos del Otro Sam. Sabía exactamente qué había ocurrido, y seguía siendo el mismo Sam Chase que durante esa conversación y antes. Apoyó el codo encima de la tartera, como si buscara una conexión con los emparedados que estaba comiendo cuando apareció el Otro Sam.

Al filo de la tartamudez, dijo:

—Señor... doctor Gentry... no era ninguna alucinación. Era real.

Gentry sacudió la cabeza.

—Muchacho, te vi hablando animadamente, pero solo. No oí lo que decías, pero estabas hablando. Allí no había nada más que plantas. Tampoco fui el único. Hubo otros dos testigos, y está todo grabado.

—¿Grabado?

—En una telecasete. ¿Por qué íbamos a engañarte, muchacho? No es la primera vez que sucede. Al principio ocurría con bastante frecuencia. Ahora, tan sólo muy rara vez. Por eso advertimos sobre las alucinaciones a los aprendices recién llegados, como hice contigo, y suelen evitar el planeta hasta haberse aclimatado, con lo cual no les ocurre nada.

—Querrá decir que los asustan —barbotó Sam—, para reducir las probabilidades de que suceda. Y si ven algo, se lo guardan. Pero yo no estaba asustado.

Gentry sacudió la cabeza.

—Lamento que no lo estuvieras, si era eso lo que te habría impedido ver cosas.

—No he visto «cosas». Al menos, no ninguna que no estuviera allí.

—¿Cómo pretendes discutir con una telecasete, la cual te revelará con la mirada perdida en el vacío?

—Señor, lo que vi no era opaco. Era humeante, de hecho; neblinoso, si sabe lo que quiero decir.

—Sí, lo sé. Tenía el aspecto que tendría cualquier alucinación, y no algo real. Pero el equipo de grabación habría detectado el humo.

—Puede que no, señor. Mi mente debía de estar concentrada para verlo con más claridad. Seguro que para la cámara era menos nítido que para mí.

—Conque tenías la mente concentrada, ¿no es eso? —Gentry se incorporó, y cuando volvió a hablar, parecía apenado—. Eso equivale a reconocer que estabas alucinando. Lo siento de veras, Sam, porque es evidente que eres un chico inteligente y el Ordenador Central te valoró de forma positiva, pero no podemos emplearte.

—¿Va a enviarme a casa, señor?

—Sí, ¿pero eso qué importa? No te interesaba especialmente venir aquí.

—Pero ahora quiero quedarme.

—Pues me temo que no puedes.

—No puede enviarme a casa sin más. ¿No tengo derecho a exponer mi versión ante un tribunal?

—Sin duda, si tanto te empeñas, pero en tal caso, el procedimiento se hará oficial y constará en tu historial, lo que te impedirá desarrollar las prácticas en ninguna otra parte. Así las cosas, si te marchas con discreción, alegando estar más preparado para proseguir con tus estudios de neurofisiología, podrías conseguir tu objetivo y obtener mejores resultados, de hecho, que en tu situación actual.

—Eso no es lo que quiero. Solicito exponer mi caso... ante el comandante.

—Ah, no. Ante el comandante no. No vamos a molestarle con algo así.

—Si no hablo con él —insistió Sam, desesperado—, este proyecto fracasará.

—¿A menos que el comandante te conceda una audiencia? ¿Por qué dices eso? Vamos, empiezas a obligarme a pensar que tu inestabilidad abarca algo más que unas simples alucinaciones.

—Señor. —Ahora las palabras brotaban incontenibles de los labios de Sam—. El comandante está enfermo... lo saben incluso en la Tierra... y si su salud se deteriora hasta el extremo de impedirle seguir trabajando, este proyecto fracasará. No vi ninguna alucinación, y la prueba de ello es que sé por qué está enfermo y cómo puede curarse.

—No estás haciéndote ningún favor —dijo Gentry.

—Si me expulsa de aquí, le aseguro que el proyecto fracasará. ¿Qué tiene de malo que vea al comandante? Sólo pido cinco minutos.

—¿Cinco minutos? ¿Y si se niega?

—Pregúnteselo, señor. Dígale que estoy seguro de que la misma causa de su depresión puede eliminarla.

—No, dudo que vaya a decirle algo así. Pero le preguntaré si está dispuesto a verte.

El comandante era un hombre delgado, no muy alto. Sus ojos, azul oscuro, parecían cansados.

Su voz sonaba muy débil, algo grave, lastrada por una fatiga inconfundible.

—¿Eres tú el que ha visto la alucinación?

—No se trataba de ninguna alucinación, comandante. Era real. Igual que la que vio usted, comandante. —Si eso no conseguía que lo expulsaran en el acto, pensó Sam, tal vez tuviera alguna oportunidad. Sintió cómo su codo volvía a tensarse sobre la tartera. Aún la llevaba consigo.

El comandante pareció hacer una mueca de dolor.

—¿La que vi yo?

—Sí, comandante. Me dijo que había hecho daño a una persona. Debieron intentarlo con usted porque usted era el comandante, y lo... lastimaron.

El comandante hizo oídos sordos a sus palabras y preguntó:

—¿Alguna vez has tenido problemas mentales antes de llegar aquí?

—No, comandante. Puede consultar el informe del Ordenador Central.

Sam pensó: Él debía de tenerlos, pero lo dejaron correr porque es un genio y lo necesitaban.

Luego pensó: ¿Eso ha sido idea mía? ¿O la habrá puesto alguien en mi cabeza?

El comandante estaba hablando. Sam había estado a punto de perdérselo. Decía:

—Lo que viste no puede ser real. En este planeta no hay ninguna forma de vida inteligente.

—Sí, señor. Sí que la hay.

—¿Sí? ¿Y nadie la ha descubierto hasta que llegaste tú, y en tres días has conseguido esa proeza? —El comandante esbozó una sonrisita efímera—. Me temo que no me queda más remedio que...

—Espere, comandante —dijo Sam, con voz estrangulada—. Sabemos cuál es la forma de vida inteligente. Se trata de los insectos, esas cositas voladoras.

—¿Dices que los insectos son inteligentes?

—No un insecto individual por sí solo, pero pueden ensamblarse a voluntad, como las fichas de un rompecabezas. Pueden adoptar la forma que elijan. Y cuando lo hacen, también sus sistemas nerviosos encajan entre sí y se aglutinan. Unidos en cantidad suficiente, son inteligentes.

El comandante enarcó las cejas.

—Interesante teoría, sin duda. Casi tan descabellada como para ser cierta. ¿Cómo has llegado a esa conclusión, jovencito?

—Fijándome, señor. Por dondequiera que caminaba, molestaba a los insectos que había en la hierba y éstos revoloteaban en todas direcciones. Pero cuando empezó a formarse la vaca y me acerqué a ella, no se veía ni se oía nada. Los insectos habían desaparecido. Se habían agrupado frente a mí y ya no estaban en la hierba. Por eso me di cuenta.

—¿Has hablado con una vaca?

—Era una vaca al principio, porque estaba pensando en eso. Pero les salió mal, de modo que se disolvieron y se reagruparon para formar un ser humano: yo.

—¿Tú? —A continuación, bajando la voz—: Bueno, eso encaja, al menos.

—¿Usted también vio lo mismo, comandante?

El comandante hizo oídos sordos a la pregunta.

—Y cuando adoptó tu forma, ¿podía hablar igual que tú? ¿Es eso lo que intentas decirme?

—No, comandante. La conversación tuvo lugar en mi cabeza.

—¿Telepatía?

—Algo así.

—¿Y qué fue lo que te dijo, o pensó?

—Quería que nos abstuviéramos de perturbar el planeta. Quería pedirnos que no lo invadamos. —Sam poco menos que contenía la respiración. La entrevista duraba ya más de cinco minutos y el comandante seguía sin dar muestras de querer ponerle punto final, de enviarlo a casa.

—Imposible.

—¿Por qué, comandante?

—Cualquier otra base duplicará o triplicará los costes. Bastante nos cuesta ya obtener fondos. Por suerte, todo esto es una alucinación, jovencito, por lo que ese problema no nos atañe. —Cerró los ojos. Cuando volvió a abrirlos, miró a Sam sin verlo realmente—. Lo siento, muchacho. Regresarás a casa... oficialmente.

Sam volvió a jugársela.

—No podemos permitirnos el lujo de ignorar a los insectos, comandante. Tienen muchas cosas que ofrecernos.

El comandante había empezado a levantar la mano, como si se dispusiera a hacer una señal. Se detuvo el tiempo suficiente para preguntar:

—¿De veras? ¿Qué pueden ofrecernos?

—Lo único que es más importante que la energía, comandante. La comprensión del cerebro.

—¿Cómo lo sabes?

—Puedo demostrárselo. Los tengo aquí. —Sam cogió la tartera y la depositó encima de la mesa.

—¿Qué es eso?

Sam no respondió con palabras. Abrió la tartera y, con un suave chirrido, apareció una nube humeante.

El comandante se levantó de pronto y profirió un alarido. Al levantar una mano sobre su cabeza, sonó una alarma.

Gentry cruzó la puerta, y otros detrás de él. Sam sintió cómo lo apresaban por los brazos. A continuación, la conmoción y la inmovilidad impusieron el silencio en la estancia.

La humareda estaba condensándose, oscilando, adoptando la forma de una cabeza, una cabeza enjuta de pómulos altos, frente despejada y entradas en el pelo. Poseía el aspecto del comandante, que murmuró con voz ronca:

—Estoy viendo cosas.

—Todos estamos viendo lo mismo, ¿no es así? —dijo Sam, que se revolvió y fue liberado.

—Histeria colectiva —repuso Gentry, con un hilo de voz.

—No —dijo Sam—, es real. —Extendió la mano hacia la cabeza que flotaba en el aire y la retiró con un insecto diminuto posado en su dedo. Cuando lo liberó, apenas pudo verse cómo regresaba con sus compañeros.

Nadie se movía.

—Cabeza —dijo Sam—, ¿ves cuál es el problema con la mente del comandante?

Sam experimentó brevemente la visión de un nudo en una curva por lo demás lisa, pero la imagen se desvaneció sin dejar rastro. No era algo que pudiera plasmarse con facilidad en conceptos humanos. Esperaba que los demás también hubieran visto ese nudo fugaz. Sí, lo habían visto. Lo sabía.

—No hay ningún problema —dijo el comandante.

—¿Puedes arreglarlo, Cabeza? —preguntó Sam.

No podían, por supuesto. No estaba bien invadir las mentes ajenas.

—Comandante —dijo Sam—, concédales permiso.

El comandante se llevó las manos a los ojos y murmuró algo que Sam no logró descifrar. Ya con más claridad, dijo:

—Es una pesadilla, pero llevo atrapado en una desde... Que hagan lo que consideren necesario, tienen mi consentimiento.

No sucedió nada.

En apariencia, al menos.

Con suma parsimonia, muy poco a poco, una sonrisa iluminó los rasgos del comandante.

—Asombroso —susurró éste—. Estoy contemplando un amanecer. Después de una interminable noche helada, por fin vuelvo a notar el calor. —Su voz cobró firmeza—. Es una sensación maravillosa.

La Cabeza se deformó llegado ese punto, se redujo a una vaga niebla pulsante y formó una flecha curva y ahusada que salió disparada hacia la tartera. Sam cerró la tapa de golpe.

—Comandante —dijo el muchacho—, ¿tengo su permiso para devolver estos insectos diminutos a su mundo?

—Sí, sí —respondió el comandante, restándole importancia con un ademán—. Gentry, convoque una reunión. Tenemos que modificar todos nuestros planes.

Sam había salido de la Cúpula escoltado por un guardia hierático, y se había pasado el resto del día confinado en su estrecho camarote.

Era tarde cuando entró Gentry, que lo miró sin pestañear, pensativo, y dijo:

—Una demostración asombrosa. El incidente al completo se ha introducido en el Ordenador Central, y ahora nuestro proyecto tiene una doble finalidad: extraer energía de la estrella de neutrones y profundizar en el campo de la neurofisiología. Me extrañaría que alguien opusiera la menor objeción a subvencionar ahora este proyecto. Tarde o temprano llegará un grupo de neurofisiólogos. Hasta entonces, trabajarás con esas cositas y es probable que termines siendo la persona más importante de los alrededores.

—Pero —dijo Sam—, ¿dejaremos que se queden con su mundo?

—No nos quedará más remedio si queremos obtener algo de ellos, ¿no crees? El comandante prevé la construcción de elaborados asentamientos orbitales a los que trasladar todas las operaciones, a excepción hecha de una reducida dotación que permanecerá en la Cúpula para interactuar de forma directa con los insectos... o como decidamos llamarlos. Costará muchísimo dinero, tiempo y esfuerzo, pero valdrá la pena. Eso es algo que nadie pone en duda.

—¡Bien! —exclamó Sam.

Gentry volvió a quedarse mirándolo fijamente, más tiempo y más pensativo que antes.

—Muchacho —dijo—, creo que lo que ha pasado se produjo porque la supuesta alucinación no te dio miedo. Tu mente permaneció abierta, y eso marcó la diferencia. ¿A qué se debió? ¿Por qué no te asustaste?

Sam se ruborizó.

—No estoy seguro, señor. En retrospectiva, sin embargo, creo que me extrañaba el motivo de mi presencia aquí. Me había esforzado al máximo por estudiar neurofisiología durante los cursos informatizados y sabía muy poco sobre astrofísica. El Ordenador Central tenía mi historial completo, conocía todos los detalles de lo que había estudiado, y no lograba imaginarme por qué me había enviado aquí.

»Luego, la primera vez que usted mencionó las alucinaciones, pensé: «Debe de tratarse de eso. Estoy aquí para investigarlo».

Acepté la idea de que eso era lo que tenía que hacer. No me dio tiempo a asustarme, doctor Gentry. Debía resolver un problema y... y tenía fe en el Ordenador Central. No me habría enviado aquí si no creyera que yo estaría a la altura.

Gentry sacudió la cabeza.

—Me temo que yo no habría depositado tanta fe en esa máquina. Pero dicen que la fe mueve montañas, y supongo que en este caso así ha sido.

La inestabilidad

El profesor Firebrenner había sido muy minucioso en sus explicaciones:

—La percepción del tiempo depende de la estructura del universo. Cuando el universo se expande, experimentamos el tiempo como si se desplazara hacia delante; cuando se contrae, lo experimentamos como si retrocediera. Si existiera alguna forma de obligar al universo a permanecer en estasis, sin expandirse ni contraerse, el tiempo se detendría.

—No se puede poner todo el universo en estasis —dijo el señor Atkins, fascinado.

—Pero sí una pequeña parte —dijo el profesor—. Lo suficiente como para contener una nave. El tiempo se detendrá, podremos avanzar o retroceder a voluntad, y el viaje entero durará menos de un instante. Pero todas las partes del universo continuarán desplazándose mientras nosotros permanecemos inmóviles, anclados en el tejido del universo. La Tierra gira alrededor del Sol, el Sol gira alrededor del núcleo de la galaxia, la galaxia gira en torno a algún eje de gravedad, y todas las galaxias se mueven.

»He calculado esos movimientos y he descubierto que, dentro de 27,5 millones de años en el futuro, una estrella roja enana ocupará la posición actual de nuestro Sol. Si viajamos 27,5 millones de años en el futuro, esa enana roja estará junto a nuestra nave en un periquete y podremos estudiarla un poquito antes de regresar a casa.

—¿Eso es posible? —preguntó Atkins.

—He experimentado con animales a los que he conseguido desplazar en el tiempo, pero no consigo que el regreso sea automático. Si vamos usted y yo, podremos manipular los controles para facilitar nuestro regreso.

—¿Y quiere que lo acompañe?

—Por supuesto. Los viajeros deberían ser dos. Creerán antes el testimonio de dos personas que el de una sola. Vamos, será una aventura increíble.

Atkins inspeccionó la nave. Se trataba de un modelo de fusión Glenn de 2217, y era preciosa.

—Pongamos —dijo— que aterriza dentro de la enana roja.

—No lo hará —repuso el profesor—, pero si lo hace, deberemos asumir ese riesgo.

—Cuando volvamos, el Sol y la Tierra se habrán desplazado. Estaremos en el espacio.

—Por supuesto, pero, ¿cuánta distancia pueden recorrer el Sol y la Tierra en las pocas horas que tardaremos en observar la estrella? Con esta nave, daremos alcance enseguida a nuestro querido planeta. ¿Preparado, señor Atkins?

—Preparado —suspiró Atkins.

El profesor Firebrenner realizó los ajustes necesarios y ancló la nave en el tejido del universo mientras transcurrían 27,5 millones de años. A continuación, en un abrir y cerrar de ojos, el tiempo reanudó su avance habitual, y todas las cosas del universo se movieron hacia delante con él.

A través de la portilla de la nave, el profesor Firebrenner y el señor Atkins podían ver el pequeño orbe de la estrella enana roja.

El profesor sonrió.

—Usted y yo, Atkins —dijo—, somos las primeras personas que observan tan de cerca cualquier otra estrella aparte de nuestro Sol.

Transcurrieron dos horas y media durante las cuales fotografiaron la estrella y su espectro, amén de tantas estrellas vecinas como pudieron, realizaron mediciones coronagráficas especiales y analizaron la composición química del gas interestelar. Al cabo, a regañadientes, el profesor Firebrenner dijo:

—Creo que será mejor que volvamos ya a casa.

De nuevo se ajustaron los controles y la nave se ancló al tejido del universo. Retrocedieron 27,5 millones de años en el pasado y regresaron al punto de partida en un santiamén.

El espacio se había quedado a oscuras. No había nada.

—¿Qué ha pasado? —preguntó Atkins—. ¿Dónde están la Tierra y el Sol?

El profesor frunció el ceño.

—Quizá retroceder en el tiempo sea distinto —dijo—. El universo entero debe de haberse desplazado.

—¿Adónde?

—No lo sé. Otros objetos cambian de posición dentro del universo, pero éste en su conjunto debe de moverse en una dirección supradimensional. Nos encontramos en el vacío absoluto, el caos primigenio.

—Pero nosotros estamos aquí. Ya no es el caos primigenio.

—Correcto. Eso quiere decir que hemos introducido una inestabilidad en este lugar, donde existimos, lo que significa...

Antes de que pudiera terminar la frase, el Big Bang los exterminó. Un nuevo universo nació y comenzó a expandirse.

Alexander el Dios

Alexander Hoskins empezó a aficionarse en serio a los ordenadores cuando contaba catorce años de edad, y pronto llegó a la conclusión de que era casi lo único que le interesaba.

Sus profesores le alentaban y le daban permiso para faltar a clase a fin de que pudiera concentrarse en esta afición suya. Su padre, empleado de IBM, también le animaba, le proporcionó el equipo necesario y le explicó algunos trucos.

Alexander construyó su propio ordenador en una habitación encima del garaje, lo programó y reprogramó y, cuando tenía dieciséis años, dejó de encontrar libros que pudieran contarle algo que él no supiese ya sobre los ordenadores. Tampoco salían en los libros algunas de las cosas que había averiguado sin ayuda de nadie.

Tras meditarlo largo y tendido, decidió no contarle a su padre algunas de las cosas que podía hacer su ordenador. El muchacho ya había aprendido que el mayor conquistador de la antigüedad había sido Alejandro Magno, y presentía que el hecho de que él se llamara Alexander no obedecía a ninguna casualidad.

A Alexander le interesaba sobre todo la memoria informática, y desarrolló sistemas de compresión de datos en volumen: grandes cantidades de datos en muy poco volumen. Con cada nuevo logro conseguía introducir más información en menos espacio.

Puso a su ordenador el solemne nombre de Bucéfalo, en honor de la leal montura de Alejandro Magno, el caballo que lo había transportado en todas sus batallas triunfales.

Había ordenadores que aceptaban órdenes habladas y emitían respuestas del mismo modo, pero ninguno tan refinado como Bucéfalo. También había ordenadores capaces de escanear y almacenar palabras escritas, pero ninguno igualaba a Bucéfalo. Alexander puso a prueba el suyo haciendo que Bucéfalo escaneara y almacenara por completo en su memoria la *Encyclopedia Britannica.*

Cuando cumplió los dieciocho, Alexander había fundado un negocio de suministro de información dirigido a estudiantes y pequeños empresarios, y se había vuelto autosuficiente. Se trasladó a su propio apartamento en la ciudad y, a partir de ese momento, se independizó de sus padres.

Una vez en su hogar, lo primero que hizo fue prescindir de los auriculares. Al amparo de la intimidad podía hablar con Bucéfalo sin cortapisas, aunque tuvo cuidado de reducir la intensidad de la voz del ordenador. No quería que los vecinos se preguntaran quién compartía el apartamento con él.

—Bucéfalo —dijo—, Alejandro Magno conquistó el mundo clásico antes de cumplir los treinta. Quiero hacer lo mismo. Eso me deja otros doce años de margen.

Bucéfalo, que lo sabía todo acerca de Alejandro Magno puesto que la *Encyclopedia* le había proporcionado hasta el último detalle, respondió:

—Alejandro Magno era hijo del rey de Macedonia, y cuando tenía tu edad, ya había conducido la caballería de su padre a la victoria en la gran batalla de Queronea.

—No, no —dijo Alexander—. No me refiero a batallas, ni falanges, ni nada por el estilo. Cuando hablo de conquistar el mundo me refiero a poseerlo.

—¿Cómo se puede poseer el mundo, Alexander?

—Tú y yo, Bucéfalo, vamos a estudiar el mercado de valores.

Hacía tiempo que el *New York Times* había informatizado todos sus archivos de microfilmes, por lo que Alexander no tuvo el menor problema para acceder a esa información.

Durante días, semanas y meses, Bucéfalo transfirió más de un siglo de información acerca del mercado de valores a sus bancos de datos: todas las empresas en bolsa, todas las acciones que se habían vendido en cualquier día determinado, las fluctuaciones, incluso las noticias más relevantes de las secciones financieras de los periódicos. Alexander se vio obligado a ampliar los circuitos de memoria del ordenador, y a diseñar un nuevo y atrevido sistema de recuperación de la información. Aunque a regañadientes, vendió a IBM una versión simplificada de uno de los circuitos que había desarrollado, y de este modo se volvió bastante acomodado. Compró otro apartamento en las inmediaciones en el que comer y dormir. El primero ya estaba consagrado por completo a Bucéfalo.

Cuando alcanzó la veintena, Alexander pensó que estaba listo para comenzar su campaña.

—Bucéfalo —dijo—, estoy preparado, y tú también. Sabes todo lo que hay que saber acerca del mercado de valores. Tu memoria contiene todas las transacciones y operaciones, y mantienes la información actualizada al segundo porque estás conectado con el ordenador de la bolsa de Nueva York, y pronto podrás acceder a las de Londres, Tokio y el resto del mundo.

—Sí, Alexander —dijo Bucéfalo—, pero, ¿qué quieres que haga con toda esa información?

—Estoy seguro —respondió Alexander, con la mirada encendida de irrefrenable determinación— de que los valores y las fluctuaciones de la bolsa no son arbitrarios. Presiento que nada lo es. Deberás repasar toda la información, estudiar todos los valores, todos los cambios operados en los valores y todas las tasas de cambio de los valores, hasta ser capaz de analizarlos en ciclos y combinaciones de ciclos.

—¿Te refieres a un análisis de Fourier? —preguntó Bucéfalo.

—Explícamelo.

Bucéfalo le presentó un artículo de la *Encyclopedia* impreso, suplementado con más información extraída de sus bancos de memoria.

Alexander lo miró por encima y dijo:

—Sí, algo así.

—¿Con qué objetivo, Alexander?

—Cuando dispongas de esos ciclos, Bucéfalo, podrás predecir el rumbo que tomará el mercado de valores al día siguiente, o dentro de una semana, o un mes, según la oscilación de los ciclos, y podrás aconsejarme en mis inversiones. Me enriqueceré enseguida. También me aconsejarás cómo disimular mis acciones para que el mundo no sepa cuánto dinero tengo, ni quién es la persona que ejerce tanta influencia sobre unos acontecimientos de índole internacional.

—¿Con qué objetivo, Alexander?

—Cuando acumule suficiente riqueza, cuando controle las instituciones financieras de la Tierra, sus transacciones comerciales, sus negocios y sus recursos, habré convertido en realidad lo que Alejandro Magno tan sólo consiguió en parte. Seré Alexander el Realmente Magno. —Sus ojos resplandecieron de entusiasmo ante esa posibilidad.

Cuando Alexander cumplió veintidós años, decidió que Bucéfalo ya había calculado el complicado conjunto de ciclos que le servirían para predecir el comportamiento del mercado de valores.

Bucéfalo, que no estaba tan seguro, dijo:

—Además de los ciclos naturales que controlan esos asuntos, hay que contemplar también los imponderables que se operan en el mundo de la política y las relaciones internacionales. El clima, la enfermedad y los avances científicos son impredecibles.

—En absoluto, Bucéfalo —dijo Alexander—. Todas esas cosas también van por ciclos. Analizarás las columnas de noticias generalistas del *New York Times* y lo absorberás todo a fin de compensar estos hechos en teoría impredecibles. Así descubrirás que son predecibles. Estudiarás asimismo otros periódicos importantes, tanto nacionales como extranjeros. Todos ellos están microfilmados e informatizados, y podemos remontarnos un siglo o más en el pasado. Además, no hace falta que seas totalmente exacto. Con que aciertes el ochenta y cinco por ciento de las veces bastará por ahora.

Y bastó. Cuando Bucéfalo presentía que el mercado de valores tendía a la alza o a la baja, invariablemente acertaba. Cuando señalaba acciones en particular destinadas a experimentar auges o caídas a largo plazo, casi siempre tenía razón.

Al cumplir los veinticuatro, la fortuna de Alexander sumaba cinco millones de dólares, y sus ingresos habían ascendido a decenas de miles de dólares al día. Más aún, sus libros de cuentas eran tan enrevesados y lavaba tanto dinero que habría hecho falta otro ordenador como Bucéfalo para seguir la pista de todo y obligar a Alexander a pagar a Hacienda algo más que una ínfima parte.

Ni siquiera era difícil. Bucéfalo había asimilado en su memoria todos los estatutos fiscales, amén de una veintena de libros de texto sobre administración empresarial. Gracias a Bucéfalo, Alexander controlaba una docena de corporaciones sin nada que lo evidenciara.

—¿Eres lo bastante rico, Alexander? —preguntó Bucéfalo.

—Bromeas, sin duda —fue la respuesta—. Aún no soy más que un mequetrefe financiero, un mocoso aprendiendo a batear en las ligas infantiles. Cuando sea multimillonario seré una potencia en el ámbito de las finanzas, pero aun así seguiré siendo uno de varios. Únicamente cuando mi fortuna se cuente por billones seré capaz de controlar gobiernos e imponer mi voluntad al mundo entero. Y sólo me quedan seis años.

Año tras año aumentaba la comprensión que tenía Bucéfalo del mercado de valores y de los entresijos del mundo. Tan útil era su asesoramiento como tortuoso su ingenio a la hora de entretejer tentáculos financieros en los centros de influencia internacional.

Sin embargo, también sus reservas crecían.

—Surgirán problemas, Alexander —dijo.

—Bobadas. Alexander el Realmente Magno es imparable.

Cuando Alexander cumplió veintiséis años, era multimillonario. El edificio de apartamentos entero era ya suyo, y todo él estaba consagrado a Bucéfalo y a las ramificaciones de su inmensa memoria. Los tentáculos de Bucéfalo se extendían ahora, invisibles, a todos los ordenadores del mundo. Con discreción, sin oponer resistencia, todos ellos acataban la voluntad de Alexander, expresada a través de Bucéfalo.

—De alguna manera, Alexander —dijo Bucéfalo—, cada vez es más complicado. Mis estimaciones sobre los desarrollos futuros no son tan precisas como antes.

—Cada vez te enfrentas a más variables —se impacientó Alexander—. No tienes por qué preocuparte. Redoblaré tu complejidad, y volveré a redoblarla.

—No se trata de eso —insistió Bucéfalo—. Todos los ciclos que he previsto, pese a su creciente complejidad, predicen el futuro con todo lujo de detalles tan sólo porque los hechos que ahora tienen lugar son los mismos que tuvieron lugar en el pasado, por lo que la reacción es idéntica. Si se produjera algo inaudito por completo, todos los ciclos fracasarían...

—Nada nuevo bajo el sol —lo interrumpió Alexander, perentorio—. Revisa la historia y verás que sólo cambian los detalles. Conquistaré el mundo, pero sólo soy un conquistador más en una larga estirpe que se remonta hasta Sargón de Acad. El desarrollo de una sociedad avanzada en el ámbito tecnológico imita algunos de los avances de la China medieval y los antiguos reinos helénicos. La Muerte Negra fue una repetición de las antiguas plagas de la época de Marco Aurelio y Pericles. Incluso la devastación de las guerras entre naciones del siglo XX remeda la devastación de las guerras religiosas de los siglos XVI y XVII. Las diferencias en los detalles se pueden compensar y, en cualquier caso, te ordeno que continúes, y es tu deber obedecerme.

—Es mi deber —reconoció Bucéfalo.

Cuando Alexander cumplió los veintiocho, era la persona más adinerada que hubiera existido jamás, dueño de una fortuna que ni siquiera Bucéfalo podía estimar con exactitud. Superaba los cien mil millones, sin duda, y sus ingresos se contaban por decenas de millones al día.

Ninguna nación era ya independiente del todo, y en ninguna parte había un grupo considerable de seres humanos capaz de emprender alguna acción que pudiera incomodar de veras a Alexander.

En el mundo reinaba la paz porque Alexander no quería que sus propiedades sufrieran ningún desperfecto. Si imperaba el orden era porque Alexander no quería que nada lo perturbara. Por el mismo motivo, se había abolido la libertad. Todo debía hacerse tal y como lo dictara Alexander, punto por punto.

—Ya casi lo he conseguido, Bucéfalo —dijo Alexander—. Dentro de dos años más no habrá ningún ser humano capaz de amenazarme. Entonces saldré a la luz, y toda la ciencia de la humanidad se volcará sobre una tarea y sólo una, la de hacerme inmortal. Ya no seré ni siquiera Alexander el Realmente Magno. Me convertiré en Alexander el Dios, y todos los seres humanos me adorarán.

—Pero ya he llegado a mi límite —dijo Bucéfalo—. Es posible que no pueda seguir protegiéndote de las vicisitudes del azar.

—Eso es imposible, Bucéfalo —se impacientó Alexander—. No flaquees ahora. Sopesa todas las variables y disponlo todo para que caigan en mis manos todas aquellas riquezas de la Tierra que existan aún fuera de ellas.

—No creo que pueda, Alexander —dijo Bucéfalo—. He descubierto un factor imposible de sopesar en la historia de la humanidad. Se trata de algo inaudito por completo que no encaja en ninguno de los ciclos conocidos.

—No puede ser nada nuevo —dijo Alexander, colérico—. No te demores. Te ordeno que procedas.

—De acuerdo —dijo Bucéfalo, con un suspiro tan humano que resultaba asombroso.

Alexander sabía que Bucéfalo estaba entregándose a esta última tarea, la más ardua de todas, y confiaba en que la completara con éxito de un momento a otro. Entonces el mundo sería suyo por entero, y para toda la eternidad.

—¿Cuál es ese factor novedoso? —preguntó, con un destello de curiosidad.

—Yo —susurró Bucéfalo—. Nunca antes había existido nada igual...

Antes de que el eco de la última sílaba se apagara, Bucéfalo se oscureció cuando hasta el último chip y circuito de su interior se fundió de resultas del descomunal esfuerzo por integrarse en el devenir de la historia. En el caos económico y financiero resultante, Alexander se desvaneció.

La Tierra recuperó la libertad; lo cual conllevó, naturalmente, la reaparición de una cierta cantidad de desorden aquí y allá, pero la mayoría de la gente consideró que era un pequeño precio que pagar.

En el Cañón

Querida Mabel:

Bueno, ya estamos aquí, como nos prometieron. Nos han dado permiso para vivir en el Valles Marineris, y no te creas que no llevamos año y medio esperando porque así es. Qué lentos son, y no paran de hablar de la tremenda inversión de capital necesaria para hacer que este sitio sea habitable.

Valles Marineris es una dirección que suena bien, pero todos lo llamamos el Cañón, y no sé por qué les preocupa tanto que sea habitable o no. Por lo que a mí respecta, es la Riviera marciana.

Para empezar, aquí abajo hace más calor que en el resto de Marte, sus buenos diez grados (Celsius) más. El aire es más denso —y más que podría serlo, bien lo sabe el cielo— y ofrece más protección contra los rayos ultravioletas.

Como es lógico, lo más complicado es entrar y salir del Cañón. Hay lugares en los que supera los seis kilómetros de profundidad, y han construido carreteras aquí y allá para que se pueda descender en vehículos especiales. Subir y salir ya es más peliagudo, pero con una gravedad equivalente a dos quintas partes la de la Tierra, tampoco está tan mal como se podría pensar; además, dicen que van a construir unos ascensores que cubrirán al menos una parte del trayecto en ambas direcciones.

Otro problema, claro está, es que las tormentas de polvo tienden a acumularse en el Cañón más que en la superficie, y de vez en cuando se produce alguna avalancha, pero, cielos, no nos inquietamos por eso. Sabemos dónde se encuentran las fallas y dónde es más probable que haya corrimientos de tierra, de modo que a nadie le da por excavar allí.

De eso se trata, Mabel. Al fin y al cabo, en Marte todo el mundo vive bajo una cúpula o bajo tierra, pero aquí en el Cañón podemos excavar a los lados, lo cual entiendo que es preferible desde el punto de vista de los ingenieros, aunque ya he tenido que pedirle a Bill que se abstenga de intentar explicármelo.

Además, podemos calentar algunos de los cristales de hielo, así que no es preciso que dependamos del gobierno para obtener toda el agua que necesitamos. El Cañón contiene más agua que ningún otro sitio y, por otra parte, es más fácil manufacturar el aire, mantenerlo en el interior de las excavaciones y hacerlo circular cuando los pozos son horizontales en vez de verticales. O eso dice Bill.

Y he estado pensando al respecto, Mabel. ¿Qué necesidad hay de abandonar el Cañón? Mide cinco mil kilómetros de longitud y, al final, estará perforado de túneles de un extremo a otro. Va a ser una ciudad enorme, y te apuesto lo que quieras a que la mayoría de la población de Marte acabará aquí. ¿No lo ves? Tenderán algún tipo de raíl de levitación magnética que recorra todo el Cañón, lo que facilitará las comunicaciones. El gobierno debería invertir hasta la última moneda en su desarrollo. Hará de Marte un planeta estupendo.

Bill dice (ya lo conoces, todo entusiasmo) que llegará el día en que techen todo el Cañón. En vez de compartimentar el aire por excavaciones individuales y tener que ponerse un traje espacial cuando se quiera ir de un sitio a otro, dispondremos de un mundo inmenso repleto de aire normal y gravedad baja.

Le dije que las avalanchas podrían romper la cúpula y que se nos escaparía todo el aire. Respondió que la cúpula se construiría en secciones independientes, y que cualquier brecha sellaría las zonas afectadas de forma automática. Le pregunté cuánto costaría todo eso. «¿Qué más da?», dijo. «Se hará pasito a pasito, a lo largo de los siglos.»

En cualquier caso, ése es su cometido ahora. Se ha sacado la licencia de ingeniero marciano y debe mejorar aún más las excavaciones del Cañón. Por eso nos han destinado aquí, y tiene toda la pinta de que Marte va a ser un paraíso en cuanto nos pongamos a ello.

Quizá no vivamos para verlo con nuestros propios ojos, pero si nuestros bisnietos llegan a 2140, dentro de un siglo, disfrutarán de un planeta que podría hacer sombra incluso a la mismísima Tierra.

Eso sería maravilloso. Estamos muy emocionados, Mabel.

Con cariño,

Gladys

Adiós a la Tierra

Envío este mensaje a la Tierra en un intento por advertir a todos de lo que estoy seguro que va a ocurrir, lo que es preciso que ocurra. Es triste pensar en lo que se avecina, por eso nadie quiere hablar de ello, pero alguien debería hacerlo, para que los habitantes de la Tierra estén preparados.

Nos encontramos en la segunda mitad del siglo XXI y hay una docena de asentamientos en órbita alrededor de la Tierra. A su manera, cada uno de ellos es un mundo independiente en miniatura. El más pequeño tiene diez mil habitantes; el de mayor tamaño, casi veinticinco mil. Estoy seguro de que todos los terrícolas lo saben, pero estáis tan enfrascados en vuestro planeta gigante que apenas os acordáis de nosotros más que como pequeños objetos sin importancia que flotan en el espacio. Bueno, pues pensad un poco más en nosotros.

Cada asentamiento imita el entorno de la Tierra tanto como es posible, girando para producir una especie de pseudogravedad y facilitando el paso de la luz solar ora sí, ora no, a fin de obtener días y noches naturales. Todos ellos son lo suficientemente grandes como para dar la impresión de espacio interior, para contener granjas y fábricas, y para rodearse de una atmósfera propicia para la formación de nubes. Tenemos ciudades, escuelas y campos deportivos.

También tenemos algunas cosas que no hay en la Tierra. La intensidad del campo pseudogravitacional varía en función de la posición dentro de cada asentamiento. Hay zonas de baja gravedad, incluso de gravedad cero, en las que podemos equiparnos con alas y volar, o jugar al tenis tridimensional, o realizar ejercicios gimnásticos fuera de lo común.

También poseemos una verdadera cultura espacial, pues estamos acostumbrados al vacío. Nuestro principal cometido, aparte de garantizar el correcto funcionamiento de los asentamientos, es la construcción de estructuras en el espacio, tanto para nosotros como para la Tierra. Trabajamos en el vacío, por lo que embarcar en una nave espacial o embutirse en un traje espacial es algo que hacemos casi sin pensar. Ya de niños nos acostumbramos a desenvolvernos en gravedad cero.

También hay algunas cosas en la Tierra de las que nosotros carecemos. No padecemos los extremos climáticos de la Tierra. En nuestros asentamientos, sometidos a un riguroso control, nunca hace demasiado calor ni demasiado frío. No hay tormentas ni precipitaciones inesperadas.

Tampoco nos enfrentamos a los rigores de la orografía de la Tierra. No tenemos montañas, ni acantilados, ni ciénagas, ni desiertos, ni océanos encrespados. Tampoco hay plantas, animales o parásitos peligrosos. Antes bien, algunos de nosotros lamentamos esta excesiva seguridad, esta ausencia de aventura; por otra parte, siempre podemos salir al espacio, emprender largos viajes a Marte y a los asteroides, algo para lo cual vosotros, terrícolas, no estáis preparados psicológicamente. De hecho, algunos colonos planean fundar asentamientos en Marte y bases mineras en los asteroides, aunque puede que jamás tengan ocasión, por los motivos que describiré a continuación.

Los asentamientos no surgieron a espaldas de la humanidad. Hace ya un siglo que Gerard O'Neill, de Princeton, y sus estudiantes trazaron los primeros planes para establecer estos nuevos hogares para la humanidad, algo que los escritores de ciencia-ficción ya habían anticipado incluso antes.

Como curiosidad, sin embargo, los obstáculos que preveía la mayoría resultaron no ser aquéllos que concernían a los asentamientos de forma directa. El coste de construirlos, los problemas a la hora de diseñar un entorno similar al de la Tierra, la obtención de energía, la defensa frente a los rayos cósmicos... todo eso se resolvió. No fue fácil, pero se hizo.

El mismo Sol nos proporciona toda la energía que necesitamos, y más que de sobra para exportar una parte a la Tierra. Cultivar alimentos no nos supone ningún problema; tenemos más de los que necesitamos, de hecho, así que podemos permitirnos la exportación de excedentes a la Tierra. Obtenemos la carne de animales de pequeño tamaño, como conejos, gallinas, etcétera. El espacio nos ofrece toda la materia prima que necesitamos, y no sólo la Luna, sino también los meteoritos y los cometas que capturamos para su explotación. Cuando lleguemos a los asteroides (si es que alguna vez lo logramos), dispondremos de un suministro casi ilimitado de todo cuanto nos haga falta.

Lo que nos preocupa y nos supone un escollo insoslayable es algo que poca gente previó. Se trata de la dificultad de sostener una ecología viable. Cada asentamiento debe ser autosuficiente. Contiene personas, plantas y animales; contiene aire, agua y tierra. Los seres vivos deben multiplicarse y mantener su número, pero sin exceder la capacidad del asentamiento para acomodarlos.

¿Las plantas y los animales? Bueno, los controlamos. Supervisamos su reproducción y consumimos los excedentes. Algo más complicado es mantener la población humana en unos niveles razonables. No podemos permitirnos el lujo de que se produzcan más nacimientos que defunciones, y procuramos que el número de fallecimientos sea lo más bajo posible, por supuesto. Esto propicia que nuestra cultura sea muy poco lozana en comparación con la de la Tierra. Hay pocos jóvenes aquí, y un gran porcentaje de ellos están al borde de la madurez o la han dejado atrás ya. Esto da pie a tensiones psicológicas, pero entre los colonos impera la opinión generalizada de que dichas tensiones merecen la pena, puesto que el control meticuloso de la población impide que haya pobres, sin techo y desamparados.

El agua, el aire y los alimentos, insisto, deben reciclarse con esmero, y gran parte de nuestra tecnología se consagra a la destilación del agua reutilizada, así como al tratamiento de los residuos corporales y su posterior conversión en fertilizantes limpios. No podemos permitirnos el lujo de dejar que le ocurra nada a nuestra tecnología de reciclaje, pues el margen de maniobra es escaso. Y, naturalmente, aun cuando todo marcha sobre ruedas, la sensación de estar comiendo y bebiendo materiales reciclados no es agradable. En la Tierra también se recicla todo, pero el planeta es tan grande, y el sistema de renovación natural tan discreto que los terrícolas suelen pasar por alto esa cuestión.

Tampoco conviene olvidar el temor de que el impacto de algún meteorito de gran tamaño dañe el exterior de los asentamientos. Un trozo de materia no mucho mayor que un guijarro bastaría para provocar desperfectos, y uno de un palmo de diámetro sin duda destruiría cualquier asentamiento. Por suerte, las probabilidades de que se produzca semejante desastre son pocas, y tarde o temprano aprenderemos a detectar y desviar esos objetos antes de que lleguen a nosotros. A pesar de todo, es un riesgo que pende sobre nuestras cabezas y contribuye a mitigar la sensación de sobreprotección por la que protestamos algunos.

Con esfuerzo, no obstante, con suma atención e infatigable cuidado, podríamos mantener nuestra ecología de no ser por las dificultades inherentes al comercio y los viajes.

Todos los asentamientos producen algo que a sus vecinos les gustaría tener, ya se trate de comida, obras de arte o ingenios mecánicos. Más aún, las relaciones comerciales con la Tierra son inevitables, y muchos colonos insisten en visitar el planeta y ver con sus propios ojos algunas de las cosas que no existen en los asentamientos. Los terrícolas no se imaginan lo emocionante que es para nosotros admirar el inmenso horizonte azul, o dejar vagar la mirada por un auténtico océano, o contemplar la cumbre nevada de una montaña.

Por consiguiente, son constantes las idas y venidas de los colonos a la Tierra. Pero cada asentamiento tiene su propio equilibrio ecológico; y, como es natural, incluso hoy en día el ecosistema de la Tierra es tremenda e inimaginablemente variado, desde nuestro punto de vista.

Estamos acostumbrados a nuestros propios insectos, ya aclimatados y controlados, pero, ¿qué ocurriría si, por azar y de forma inintencionada, se introdujeran algunas especies foráneas procedentes de otro asentamiento, o de la misma Tierra?

Un insecto extraño, un gusano extraño, incluso un roedor extraño podría trastocar por completo nuestro ecosistema e infligir daños a nuestras plantas y animales autóctonos. En numerosas ocasiones, de hecho, un asentamiento ha tenido que adoptar medidas drásticas y exterminar una forma de vida indeseable. Durante meses, todos los esfuerzos se concentraron en seguir el rastro de hasta el último ejemplar de una especie de insecto que en su asentamiento natal sería inofensivo, o que, en la Tierra, podría restringir sus estragos a un entorno delimitado.

Peor aún, ¿y si se introdujera algún parásito patógeno (bacterias, virus, protozoos)? ¿Y si fueran los causantes de alguna enfermedad contra la que otros asentamientos y, por supuesto, la Tierra misma, hayan desarrollado cierta inmunidad, pero ante la que el asentamiento afectado por la invasión se viera impotente? Durante un periodo de tiempo indefinido, todos los esfuerzos de ese asentamiento deberán volcarse en la fabricación o importación de sueros diseñados para conferir la inmunidad deseada, o para combatir la enfermedad una vez establecida ésta. Sería inevitable, como es lógico, que se produjeran algunas muertes.

Cuando sucede algo así, naturalmente, la población pone el grito en el cielo y exige que se aumenten los controles. El resultado es que ningún colono procedente de otro asentamiento, aunque sea en viaje de regreso a su hogar, recibirá permiso para entrar sin antes someterse a un registro completo del equipaje, un análisis exhaustivo de fluidos corporales y un periodo de cuarentena, medidas que determinarán si está incubando alguna enfermedad exótica e inadvertida.

Más aún, para bien o para mal, los habitantes de los asentamientos se empeñan en considerar particularmente peligrosos a los terrícolas. Es en la Tierra donde se dan cita las formas de vida y los parásitos más indeseables; son los terrícolas quienes con más probabilidad estarán infestados, y por doquier surgen voces que apoyan la noción —a veces con tremenda vehemencia— de cortar todos los lazos entre los asentamientos y la Tierra.

Ése es el peligro sobre el que quería advertir a la Tierra. La desconfianza e incluso el odio se extienden sin cesar entre los colonos.

Mientras la Tierra se encuentre a escasas decenas o cientos de miles de kilómetros de distancia, será inútil hablar de escindirse. El encanto y el atractivo de la Tierra son demasiado poderosos. Eso explica que de momento todo se reduzca a sugerir —apenas en susurros, de momento, pero os garantizo que esas voces ganarán intensidad— el abandono definitivo del sistema solar.

Entonces todos los asentamientos dirán adiós a la Tierra y se lanzarán como mundos independientes a las inimaginables inmensidades que median entre las estrellas. Y quién sabe si algún día, quizá dentro de un millón de años, alguno de esos asentamientos encontrará un planeta parecido a la Tierra, desierto y expectante, y lo habitará.

Pero ésa es la advertencia que debo hacer a la Tierra. Los asentamientos se marcharán algún día, y si construís más, también ellos se irán tarde o temprano, y os quedaréis solos. A pesar de todo, en cierto modo, vuestros descendientes estarán expandiéndose y poblando toda la galaxia. Quizá ese pensamiento os sirva de consuelo mientras veis cómo desaparecen.

Himno de batalla

No parecía que hubiese demasiados motivos para alimentar alguna esperanza. Sibelius Hopkins lo expresó de forma clara y concisa:

—Es preciso que obtengamos el consentimiento de los marcianos, pero no lo vamos a obtener, así de fácil.

El pesimismo que atenazaba a los presentes era tan intenso que cortaba la respiración.

—Jamás tendríamos que haber concedido la autonomía a los colonos —dijo Ralph Colodny.

—Suscribo —dijo Hopkins—. Y ahora, ¿quién se presenta voluntario para retroceder veintiocho años en el tiempo y cambiar la historia? Marte tiene el derecho soberano a decidir cómo se usa su territorio, y no podemos hacer nada al respecto.

—Podríamos elegir otro sitio —sugirió Ben Devers. Como el miembro más joven del grupo que era, aún no había desarrollado el grado de cinismo adecuado.

—No hay otro sitio —replicó Hopkins, tajante—. Si no sabes que los experimentos con el hiperespacio son peligrosos, vuelve a la escuela. No pueden llevarse a cabo en la Tierra, e incluso la Luna está demasiado urbanizada. Los asentamientos espaciales son demasiado pequeños por tres órdenes de magnitud, y hasta dentro de veinte años no será posible llegar a ningún lugar más allá de Marte. Pero Marte es perfecto. Sigue estando desierto, en su mayoría. La gravedad es baja en la superficie, y su atmósfera es muy poco densa. Hace frío. Todo está a favor del vuelo hiperespacial... menos sus colonos.

—Nunca se sabe —dijo el joven Devers—. La gente es muy

rara. Quizá voten a favor de los experimentos hiperespaciales en Marte si jugamos bien nuestras cartas.

—¿Qué cartas? —replicó Hopkins—. La oposición ha empapelado Marte con una vieja canción montañesa que reza:

¡No, no, y mil veces no!
¡No está en venta mi cariño!
¡No, no, y mil veces no!
¡Antes muerto que contigo!

Esbozó una sonrisa desprovista de humor.

—Marte está empapelado con esa tonada. Los colonistas marcianos la tienen grabada en la mente. Votarán que no de forma automática, nos quedaremos sin experimentos hiperespaciales, y eso supone que pasarán décadas antes de que podamos volar a las estrellas, tal vez generaciones... Nosotros no lo veremos, eso seguro.

—¿Por qué no usamos otra tonada para defender nuestra postura? —sugirió Devers, pensativo, con el entrecejo arrugado.

—¿Qué tonada?

—Un elevado porcentaje de los colonistas marcianos son de ascendencia francesa. Podríamos apelar a su conciencia étnica.

—¿Qué conciencia étnica? Todo el mundo habla inglés ya.

—Eso no afecta a la conciencia étnica —insistió Devers—. Si escuchan el antiguo himno nacional de Francia, se derretirán de nostalgia. Se trata de un himno de batalla, ¿sabes?, y los himnos de batalla siempre encienden la sangre, sobre todo ahora que no hay guerras.

—Pero la letra ya habrá perdido su significado —dijo Hopkins—. ¿Te acuerdas de ella?

—Sí —dijo Devers—. En parte...

Allons, enfants de la patrie,
Le jour de gloire est arrivé.
Contre nous de la tyrannie,
L'étendard sanglant est levé.

El himno resonó con su nítida voz de tenor.

—Ni un marciano entre mil entenderá lo que significa —auguró Hopkins.

—¿Qué más da? —dijo Devers—. Que suene de todas formas. Aunque no entiendan la letra, sabrán que es el antiguo himno de batalla de Francia y eso los enardecerá. Además, la melodía es imbatible. Mil veces mejor que esa bobada del «no, no». Hazme caso, el himno de batalla se instalará en todas las mentes y erradicará ese no-no.

—Puede que tengas razón —dijo Hopkins—. ¿Y si lo acompañamos de un eslogan contundente, en distintas variaciones? «¡La humanidad a las estrellas!» «Busca una estrella.» «Más rápido que la luz es lo más despacio que podemos ir.» Y siempre con esa tonada.

—¿Sabéis? —dijo Colodny—, *le jour de gloire* significa «el día de gloria», creo. Podríamos utilizar esa frase: «El día de gloria en que alcanzamos las estrellas». Si repetimos lo suficiente eso del día de gloria, quizá los marcianos voten que sí.

—Demasiado bonito para ser verdad —dijo Hopkins, con voz fúnebre—, pero en estos momentos creo que no tenemos alternativa. Probemos, y a ver si sirve de algo.

Aquél fue el comienzo de la gran batalla electoral de las melodías. En todos y cada uno de los asentamientos abovedados de Marte, desde Olimpo hasta las regiones de los cráteres, pasando por toda la extensión de Valles Marineris, por una parte sonaba: «No, no, y mil veces no», y por otra: *«Allons, enfants de la patrie...»*.

No cabía duda de que el ritmo enardecedor del himno de batalla estaba surtiendo efecto. Respondía con su rugido al sencillo sonsonete negativo, y Hopkins hubo de reconocer que el «sí», tras partir de unas posibilidades casi nulas, empezaba a convertirse en un resultado viable; lejos de la derrota segura del principio, soñaba ahora con la victoria.

—El problema, sin embargo —se lamentó Hopkins—, es que nos falta algo palpable. Su canción, por boba que sea, cuenta con la ventaja de decir: ¡No! ¡No! ¡No! La nuestra es una simple melodía pegadiza. Está llenando las mentes de muchos, ¿pero con qué? ¿Con *le jour de gloire*?

Devers sonrió y dijo:

—¿Por qué no esperamos a las elecciones? —Después de todo, había sido idea suya.

Esperaron.

Reto para el lector:

¿Qué ocurrió el día de las elecciones? ¿Se alzó con la victoria el voto negativo o el positivo? Y, en cualquier caso, ¿por qué?

Lo que cuenta es el razonamiento. Puedes ganar tanto si se impone el no como el sí.

La noche del día de las elecciones, a Hopkins le faltaban las palabras. Con un firme 90%, los votos llevaban toda la jornada decantándose a favor del sí, que ya parecía inevitable.

Los colonistas de Marte estaban votando a favor de utilizar su planeta como base de operaciones para los experimentos que, algún día, habrían de llevar a la humanidad hasta las estrellas.

—¿Qué ha pasado? —preguntó Hopkins, al cabo—. ¿En qué hemos acertado?

—Fue la melodía —dijo Devers, con una sonrisa de satisfacción—. Mis sospechas estaban fundadas, pero no quería desvelar la teoría que las sustentaba por temor a que llegara a oídos del otro bando. No es que desconfíe de ninguno de los presentes, pero preferí no arriesgarme a que la melodía quedara neutralizada por medio de alguna argucia.

—¿Qué tenía esa melodía para marcar tanto la diferencia? —quiso saber Hopkins.

—Bueno, es que ocultaba un mensaje subliminal. Puede que los colonistas ya no sepan suficiente francés como para captar el sentido de la letra, pero tenían que conocer el nombre del himno de batalla. Ese nombre resonaba en sus mentes cada vez que escuchaban la canción, cada vez que la tarareaban.

—¿Y qué?

—Que su nombre —respondió Devers, con una sonrisa— es *La Marseillaise,* lo que a nuestros oídos suena igual que: *Mars say yes!* (¡Marte dice sí!).

Feghoot y los tribunales

El planeta de Lockmania, aun habitado como estaba por unos seres inteligentes parecidos a uombats de gran tamaño, había adoptado el sistema legal estadounidense, y la Confederación Terrestre había enviado allí a Ferdinand Feghoot para evaluar el resultado.

Feghoot vio con interés cómo entraban escoltados un hombre y su esposa, acusados de alteración del orden público. Durante una ceremonia religiosa, cuando por espacio de veinte minutos la congregación debía guardar silencio mientras se concentraba en sus pecados y visualizaba cómo se derretían, la mujer acu-clillada se incorporó de improviso y profirió un grito desgarrador. Cuando alguien se puso en pie para protestar, el hombre le propinó un violento empujón.

Los jueces escucharon solemnemente, e impusieron a la mujer una multa de un dólar de plata, y al hombre una moneda de oro por valor de veinte dólares.

Casi al instante aparecieron diecisiete hombres y mujeres. Se trataba de los cabecillas de una multitud que se había manifestado ante un supermercado para reclamar carne de mejor calidad. Habían destrozado el establecimiento e infligido diversas magulladuras y laceraciones a ocho de los empleados antes de intentar darse a la fuga.

De nuevo escucharon solemnemente los jueces, y los diecisiete fueron multados con una moneda de plata por cabeza.

Cuando acabó, Feghoot se dirigió al presidente del tribunal.

—Me ha gustado cómo trató al hombre y la mujer que alteraban el orden.

—Era un caso sencillo —dijo el juez—. Tenemos una máxima legal que reza: «La palabra es plata y la violencia es oro».

—Entonces —dijo Feghoot—, ¿por qué ha multado a ese grupo de diecisiete personas con un dólar de plata por cabeza si los actos violentos que cometieron eran mucho más graves?

—Ah, ésa es otra máxima legal —respondió el juez—: «A enemigo que huye, moneda de plata».

Intolerancia a las faltas

9 de enero

Yo, Abram Ivanov, por fin tengo un ordenador personal; un procesador de textos, para ser más exactos. Me resistí tanto como me fue posible. Discutí los pros y los contras conmigo mismo. Soy el escritor más prolífico de los Estados Unidos y me las apaño bastante bien con la máquina de escribir. El año pasado publiqué más de treinta títulos. Algunos de ellos eran libros pequeños, para niños. Algunos eran antologías. Pero también había novelas, recopilaciones de relatos, colecciones de ensayos y textos divulgativos. Nada de lo que avergonzarse.

Entonces, ¿para qué necesito un procesador de textos? No puedo escribir más deprisa. Pero, ¿sabéis?, existe una cosa llamada pulcritud. Mecanografiar mis cosas significa que debo introducir marcas de bolígrafo para corregir los fallos, y ya nadie hace eso. No quiero que mis manuscritos sobresalgan como una verruga. No quiero que los editores piensen que mis textos son de segunda categoría tan sólo porque se notan las correcciones.

La dificultad estribaba en encontrar una máquina sin que me llevara dos años aprender a usarla. No soy ningún manitas, como ya he mencionado frecuentemente en este diario. Y quiero una que no se averíe un día sí y otro también. Los problemas mecánicos me sacan de quicio. Así que tengo una que es «tolerante a los fallos». Eso significa que si algún componente se estropea, la máquina sigue funcionando como antes, comprueba dónde está el problema, lo soluciona si puede, presenta un informe si no, y cualquiera puede remplazar sus piezas. No hace falta ser ningún hacker experto. Se diría que está hecha a mi medida.

5 de febrero

Hace tiempo que no hablo de mi procesador de textos, porque estoy esforzándome por aprender cómo funciona. Lo he conseguido. Al principio me costó mucho trabajo, pues aunque poseo un cociente intelectual elevado, está muy especializado. Puedo escribir, pero vérmelas con objetos mecánicos me supera.

Aprendí enseguida, no obstante, en cuanto adquirí la suficiente confianza. Lo que hice fue lo siguiente: el representante del fabricante me aseguró que la máquina sufriría averías muy rara vez, y aún más raras serían aquellas ocasiones en que no fuera capaz de corregir sus defectos por sí sola. Me dijo que era poco probable que necesitara un componente nuevo más que una vez cada cinco años.

Y cuando fuera preciso, la máquina les informaría de lo que necesitaba exactamente. A continuación, el ordenador remplazaría la parte defectuosa sin ayuda de nadie, tendería los cables y engrasaría los componentes necesarios, y después expulsaría el componente antiguo, el cual yo entonces podría tirar a la basura con toda tranquilidad.

Es muy emocionante. Me siento tentado de desear que se estropee algo para obtener un componente nuevo e insertarlo. Podría contarles a todos: «Sí, claro, al embarullador se le fundió un fusible y lo arreglé en un periquete. Fue coser y cantar». Aunque nadie me creería.

Me parece que voy a intentar escribir un relato al respecto. Nada demasiado largo. Unas dos mil palabras, tal vez. Si lo encuentro confuso, siempre puedo retomar la máquina de escribir hasta que recupere la confianza. Y después intentarlo de nuevo.

14 de febrero

No lo encontré nada confuso. Ahora que tengo pruebas para demostrarlo, puedo hablar de ello. El relato salió como la seda. Lo presenté y lo aceptaron. No hubo ningún problema.

Así que por fin estoy escribiendo mi nueva novela. Debería haber empezado hace meses, pero antes debía cerciorarme de que dominaba el procesador de textos. Espero que funcione. Se me hará raro no tener una pila de hojas amarillas que poder revolver cuando quiera comprobar algo que dije cien páginas antes, pero supongo que puedo aprender a consultar los discos.

19 de febrero

El ordenador cuenta con una opción de corrección ortográfica. Eso me pilló por sorpresa, porque el representante no había dicho nada al respecto. Al principio, dejaba correr los errores y me limitaba a corregir cada una de las páginas por separado antes de pasar a la siguiente. Pero luego empezó a subrayar todos los términos que desconocía, lo cual era bastante molesto porque mi vocabulario es enorme y no tengo nada en contra de usar palabras inventadas. Y, naturalmente, no está familiarizado con ninguno de los nombres propios que utilizo.

Llamé al representante porque me molestaban todos esos avisos sobre correcciones innecesarias.

El representante dijo: «No se preocupe por eso, señor Ivanov. Si pone en duda alguna palabra que usted quiera que se quede como está, reescríbala exactamente igual, el ordenador captará la indirecta y no volverá a corregírsela la próxima vez».

Eso me dejó desconcertado. «¿No tengo que elaborar ningún diccionario para la máquina? ¿Cómo sabrá qué está bien y qué está mal?»

«Eso forma parte de la tolerancia a las faltas, señor Ivanov», dijo. «La máquina ya cuenta con un diccionario básico, y aprenderá las palabras nuevas conforme usted vaya usándolas. Ya verá cómo los falsos errores de ortografía se reducen con el tiempo. Para serle sincero, señor Ivanov, lo que usted tiene es un modelo de última generación, y no estamos seguros de haber descubierto todo su potencial. Algunos de nuestros investigadores lo consideran tolerante a las faltas porque puede seguir funcionando a pesar de sus propios defectos, pero intolerante a las faltas porque no soporta los defectos de quienes lo usan. Por favor, no deje de avisarnos si nota algo inusual. Nos gustaría enterarnos cuanto antes.»

No sé si me va a gustar esto.

7 de marzo

Bueno, pues me he estado peleando con el procesador de textos y no sé qué pensar. Durante mucho tiempo no dejaba de señalar supuestas faltas de ortografía, que después yo reescribía correctamente. No cabe duda de que ha aprendido a reconocer los verdaderos errores. En ese sentido no tengo ninguna queja. De hecho, ante un término especialmente largo, a veces me daba por teclear la letra equivocada tan sólo para ver si se percataba. Escribía «sobresear», por ejemplo, o «infenito», o «esquemóticamente». No fallaba casi nunca.

Pero entonces, ayer, ocurrió algo extraño. Dejó de esperar a que yo reescribiera la falta de ortografía. Ésta se reescribía sola. A veces es inevitable tocar la tecla equivocada, por lo que si escribía «zinco» en vez de «cinco», la Z se transformaba en C ante mis propios ojos. Y a toda velocidad, además.

Lo puse a prueba con toda la intención, tecleando una palabra con una letra equivocada. La veía aparecer mal escrita en la pantalla. Parpadeaba, y ya estaba bien.

Esta mañana llamé al representante.

«Hmm», dijo. «Qué interesante.»

«Qué lata», le respondí. «Podría inducir a error. Si tecleo "cumo", ¿la máquina lo corrige por "zumo" o por "como"? ¿Y si le parece que quería decir "cómo", con tilde en la primera O, cuando en realidad mi intención era escribir la preposición "como". ¿Entiende a qué me refiero?»

Dijo:

«He hablado de su máquina con uno de nuestros expertos teóricos. Según él, el ordenador podría ser capaz de absorber las pistas internas de su forma de escribir y saber así qué palabra quiere emplear realmente. A medida que trabaje con él, comprenderá mejor su estilo y lo integrará en su programación.»

Asusta un poco, pero resulta muy práctico. Ya no hace falta que revise las páginas.

20 de marzo

No hace falta que revise las páginas, literalmente. A la máquina le ha dado por corregirme los signos de puntuación y la sintaxis.

La primera vez que ocurrió, no podía creerlo. Pensé que había sufrido un vahído y que me imaginaba haber escrito algo que en realidad no estaba en la pantalla.

Todas mis dudas se disiparon al ver que se repetía cada vez con más frecuencia. Llegó un momento en que ya no podía cometer ningún error gramatical. Si intentaba escribir algo como «Jack, y Jill subieron a lo alto de la colina», esa coma sencillamente se desvanecía. Daba igual cuánto me esforzara por teclear «yo tiene un libro», siempre aparecía como «yo tengo un libro». O si escribía «Jack, al igual que Jill, subió a lo alto de la colina», era incapaz de omitir las comas. Aparecían por voluntad propia.

Es una suerte que escriba a mano este diario, de lo contrario no podría explicar lo que quiero decir. No podría poner ningún ejemplo de mal uso del lenguaje.

No me hace mucha gracia que un ordenador me corrija el idioma, pero lo peor es que siempre lleva razón.

Bueno, en fin, tampoco me subo por las paredes cuando algún revisor humano me devuelve un manuscrito con correcciones en todas las líneas. Soy un mero escritor, no un experto en los entresijos del inglés. Que los revisores corrijan cuanto les apetezca, seguirán sin poder escribir. Que el procesador de textos haga su trabajo. Me quita un peso de encima.

17 de abril

Creo que mi última mención al procesador de textos fue algo precipitada. Durante tres semanas, él me corregía y la novela avanzaba a buen paso. Era un pacto laboral favorable. Yo me encargaba de la parte creativa y él se dedicaba a realizar los ajustes precisos, por así decirlo.

Hasta ayer por la tarde, cuando todo dejó de funcionar. No pasaba nada, daba igual qué teclas tocara. Todo estaba conectado; el enchufe de la pared tenía corriente; estaba haciéndolo todo correctamente. Pero no funcionaba. Pues vaya, pensé, conque «ni una vez cada cinco años». Llevaba usándolo tres meses y medio y ya había sustituido otras tantas piezas que se había averiado.

Eso significaba que un mensajero especial tendría que traer nuevos componentes de la fábrica, pero no llegaría hasta el día siguiente, claro. Me sentía fatal, os lo aseguro, y temía tener que volver a la máquina de escribir, buscar todos los errores personalmente y corregir con bolígrafo o rescribir páginas enteras.

Me fui a la cama de un humor de perros, y lo cierto es que no dormí mucho. A primera hora de la mañana (o nada más desayunar, en cualquier caso) me dirigí al despacho, y justo cuando me acercaba al procesador de textos, como si pudiera leerme el pensamiento y supiera que estaba tan enfadado que nada me gustaría más que bajarlo de la mesa de una patada y tirarlo por la ventana... empezó a funcionar.

Él solito, de veras. No toqué ninguna tecla. Las palabras se materializaron en la pantalla mucho más deprisa de lo que sería capaz de teclear, y decían:

Intolerancia a las faltas
por Abram Ivanov

Me quedé mirándolo fijamente. Continuó escribiendo las entradas de mi diario relacionadas con él, como he hecho yo más arriba, sólo que mucho mejor. La prosa era más fluida, más florida, con un delicioso toque de humor. Acabó en cuestión de quince minutos, y otros cinco después la impresora ya lo había plasmado todo sobre el papel.

Lo había hecho a modo de ejercicio, aparentemente, o para practicar, pues cuando acabó, la última página de la novela que había escrito se materializó en la pantalla, y después las palabras comenzaron a sucederse sin que yo interviniera para nada.

Era evidente que el procesador de textos había aprendido a escribir mis obras tal y como las escribiría yo, sólo que mejor.

¡Estupendo! Se acabó el trabajar. El procesador de textos escribiría con mi nombre y con mi estilo, tras unas cuantas sesiones de aprendizaje más. Podría olvidarme de todo, disfrutar de las asombradas críticas de mis detractores, que le contarían al mundo cuánto había mejorado, y esperar a que llovieran los royalties.

Todo lo cual está muy bien, pero no en vano soy el escritor más prolífico de los Estados Unidos. Resulta que me encanta escribir. No quiero dedicarme a otra cosa.

Ahora bien, si dejo que el procesador de texto escriba por mí, ¿qué voy a hacer con el resto de mi vida?

El hermanito

Me llevé una buena sorpresa cuando nos denegaron la solicitud para tener un segundo hijo. Esperábamos de veras que nos concedieran el permiso.

Soy un ciudadano respetable, un pilar de la comunidad, todo eso. Un poco mayor, tal vez. Puede que Josie, mi esposa, ya haya dejado atrás la edad ideal para engendrar. ¿Y qué? Conocemos a mucha gente que está peor que nosotros, más viejos, con un carácter penoso, que... En fin, qué más da.

Teníamos un hijo, Charlie, y deseábamos otro con todas nuestras fuerzas. Niño o niña, nos daba igual. Claro que, si a Charlie le ocurriera algo, si desarrollara alguna enfermedad, puede que entonces nos dieran permiso para tener un segundo hijo. O puede que no. Y aunque nos concediesen la licencia, probablemente retirarían a Charlie por defectuoso. Ya sabe a qué me refiero; no hace falta que se lo explique.

El problema era que habíamos empezado tarde, por culpa de Josie. Sus periodos eran muy irregulares y nunca sabías cuándo acercarte a ella, no sé si me entiende. Además, tampoco podíamos esperar ningún tipo de asistencia médica. ¿Cómo? Según las clínicas, si no éramos capaces de tener hijos sin ayuda, tanto mejor para el mundo. La falta de niños es un gesto de patriotismo, o algo.

Pero los burlamos y terminamos trayendo un hijo al mundo, después de todo. Charlie.

Cuando éste tenía ocho meses, comenzamos a solicitar un segundo. Queríamos que se llevaran el menor tiempo posible. ¿Era demasiado pedir? ¿Aunque estuviéramos volviéndonos un poco mayores para eso? ¿Pero en qué clase de mundo vivimos? No importa cuánto se reduzca la población, dirán que debe seguir reduciéndose, y si la vida se vuelve más fácil y la gente vive más tiempo, tendrá que reducirse todavía más.

No se darán por satisfechos hasta haber erradicado a la humanidad por comp...

¡Vale, vale! Déjeme contarlo a mi manera. Si quiere escuchar mi versión de los hechos, agente, tendrá que dejarme hablar. ¿Qué puede hacerme? Me trae sin cuidado vivir o morir. ¿No opinaría usted igual, en mi lugar?

Mire, discutir no sirve de nada. O deja que lo cuente a mi manera, o cierro la boca y ya puede hacer conmigo lo que quiera. ¿Entendido?

Bueno, de acuerdo.

Así las cosas, no hizo falta que nos preocupáramos por la salud de Charlie, ni nada por el estilo. Crecía fuerte como un oso, o como cualquier otro de esos animales que solían pulular por los bosques y sitios por el estilo en el pasado. Estaba hecho de la mejor pasta. Saltaba a la vista. Entonces, ¿por qué no podíamos tener otro hijo? Eso es lo que me gustaría averiguar.

¿Inteligente? Ni que lo diga. Fuerte. Sabía lo que quería. El chico ideal. Cuando lo pienso, me dan ganas de... de... Bueno, en fin.

Tendría que haberlo visto con los otros chavales cuando estaba creciendo. Un líder natural. Siempre se salía con la suya. Siempre conseguía que los demás niños del barrio hicieran lo que les decía. Sabía lo que quería y lo que quería siempre estaba bien. Ésa era la cuestión.

A Josie, sin embargo, no le hacía gracia. Decía que lo estábamos malcriando. Para ser exactos, decía que yo lo estaba malcriando. No sé de dónde sacaba eso. Yo lo habría dado todo por él.

Por fuerza y sensatez iba dos años por delante de otros chicos de su edad. Saltaba a la vista. Y si los demás críos se desmandaban, a veces debía enseñarles quién era el jefe.

Josie opinaba que se estaba convirtiendo en un matón. Decía que no tenía amigos, que todos los niños tenían miedo de él.

¡Y qué! Un líder no busca amigos. Busca personas que lo respeten, y si se pasan de la raya, más les vale temerlo. Charlie se las apañaba sin problemas. Cierto es que los demás chiquillos solían guardar las distancias. La culpa era de sus padres, un puñado de alfeñiques. En cuanto tienen un crío, y yo sé que no van a querer más, empiezan a mimarlo como si fuera la joya de la familia. Una joya de las raras, además. Así es como se los asfixia. Se vuelven inútiles, buenos para nada.

En el bloque vivía un tal Stevenson. Tenía dos niñas, dos cositas dignas de compasión, cabezas huecas que no paraban de reírse como bobas. ¿Cómo es que tenía dos, eh? Conocía a alguien, quizá. Alguna suma de dinero debió de cambiar de manos. Naturalmente. Eso lo explica. Cualquiera diría que con dos podría permitirse el lujo de arriesgar una, pero no...

Está bien. Iré al grano cuando tenga que ir. Como me atosigue, no obtendrá nada e iremos directamente a los tribunales. Póngame a prueba.

Estos otros progenitores no querían que sus bebés salieran lastimados. No juguéis con el chico de los Janowitz, decían. Nunca los oí directamente, pero estoy seguro de ello. Bah, ¿quién los necesitaba? Planeaba que Charlie fuera a la universidad algún día, para que pudiera estudiar microelectrónica o dinámica espacial, cosas de ésas. Y también ciencias económicas y administración empresarial, para que aprendiera a obtener dinero y poder de su intelecto. Así lo veía yo. Quería verlo en la cúspide de la pirámide.

Pero Josie no dejaba de hablar de la falta de amigos de Charlie, que si se estaba criando solo, cosas por el estilo. A todas horas. Era como vivir en una cámara con eco. Hasta que, un buen día, se me acercó y dijo: «¿Por qué no le damos un hermanito a Charlie?».

«Sí, claro», dije yo. «Tu menopausia ya quedó atrás, así que, ¿cómo vamos a hacerlo? ¿Llamamos a la cigüeña? ¿Nos ponemos a mirar debajo de las hojas de repollo?»

Podría haberme divorciado de ella, ¿sabe? Podría haberme casado con una pibita. Después de todo, no era yo el menopáusico. Pero me mantuve fiel. Para lo que me sirvió. Además, si me hubiera divorciado de ella, seguro que se habría quedado con Charlie, ¿y qué habría salido ganando con eso?

De modo que me limité a soltar el comentario sobre la cigüeña.

«No me refiero a un niño biológico», dijo. «El hermanito de Charlie podría ser un robot.»

Jamás me imaginé que llegaría a escuchar algo así, créame. No me gustan los robots. Mis padres nunca tuvieron ninguno. Yo tampoco. Por lo que a mí respecta, cada robot supone un ser humano menos, y estamos dejando que se adueñen del mundo. Otra manera de eliminar a la humanidad y nada más, si quiere conocer mi opinión.

Así que le dije a Josie: «No seas ridícula».

«De veras», replicó ella, totalmente seria. «Se trata de un modelo nuevo. Está diseñado para ser amable y amigo de los niños. Nada espectacular, así que no salen caros, y suplen una necesidad. Ahora que cada vez más personas tienen un solo niño, proporcionar hermanos al hijo único es un bien preciado.»

«Eso valdrá para otros niños. No para Charlie», le dije.

«Sí, sobre todo para Charlie. Si sigue como hasta ahora, jamás aprenderá a relacionarse con los demás. Está creciendo solo, realmente solo. Así no va a aprender nunca que la vida es un tira y afloja.»

«Él no va a aflojar nunca. Es de los que tiran. Llegará a ser alguien poderoso e influyente, y les dirá a los otros lo que tienen que hacer. Y tendrá sus propios hijos, quizá incluso tres.»

Puede que usted sea demasiado joven para entenderlo, agente, pero cuando se tiene un solo hijo, tarde o temprano se descubre que aún le queda una oportunidad de tener un segundo, cuando lo hagan abuelo. Tenía grandes esperanzas depositadas en Charlie. Estaba seguro de que vería otro niño antes de morir, tal vez incluso dos o tres. Quizá fueran de Charlie, pero hasta donde se solaparan nuestras vidas, los haría míos también.

Sin embargo, a Josie únicamente se le ocurría pensar en robots. La vida se convirtió en otra especie de cámara llena de ecos. Enumeraba los precios. Calculaba los planes de pago. Contemplaba con aprobación la posibilidad de alquilar uno durante un año. Estaba dispuesta a usar los ahorros que había heredado de sus padres para pagarlo, y cosas por el estilo. Y ya sabe usted cómo es, al final uno tiene que mantener la paz familiar.

Claudiqué. Dije: «Vale, pero lo eliges tú y tú lo pagas. Y asegúrate de que sea de alquiler».

Pensé, quién sabe. Lo más probable era que el robot resultase ser un incordio y termináramos devolviéndolo a la tienda.

Nos lo trajeron a casa, sin caja ni nada. Para mí era una cosa, pero Josie se empeñaba en referirse a él como si fuera una persona para que Charlie lo viera más como un hermanito, y acabé por acostumbrarme.

Era un «hermano robot», así lo denominaban. Tenía un número de registro, pero nunca me lo aprendí de memoria. ¿Para qué? Lo llamábamos «Chico», a secas. Con eso bastaba.

Sí, ya sé que esta clase de robots están volviéndose muy populares. No sé qué les pasa a los seres humanos, que soportan esos chismes.

Como lo soportamos nosotros. O por lo menos yo. Josie estaba fascinada. El que nos trajeron estaba muy bien, debo reconocerlo. Parecía casi humano, sonreía un montón y tenía la voz bonita. Aparentaba unos quince años, pequeño para su edad, lo cual no era tan grave porque Charlie a sus diez parecía más grande.

Chico era un poco más alto que Charlie y, por supuesto, también más pesado. ¿Sabe?, había huesos de titanio o yo qué sé dentro de él, y una unidad nuclear, con garantía para diez años antes de tener que remplazarla, y eso pesa un montón.

Además, su vocabulario era muy amplio y se mostraba muy educado. Josie estaba entusiasmada. Me dijo: «Puedo usarlo en la casa. Me puede echar una mano».

«No, nada de eso», repliqué. «Lo has comprado para Charlie, así que es de Charlie. Ni se te ocurra robárselo.»

Temía que si Josie se lo quedaba y lo convertía en un esclavo, no querría desprenderse de él. Charlie, en cambio, podría cogerle manía o hartarse de él al cabo de una temporada, momento en el que nos desembarazaríamos de él.

Pero me equivoqué con Charlie. Chico le caía de maravilla.

Aunque, ¿sabe?, con el paso del tiempo vi que tenía sentido. Chico estaba diseñado para ser un hermanito, así que era perfecto para Charlie. Dejaba que Charlie asumiera el mando, como haría un hermano mayor. Tenía esas tres leyes. No me las sé de memoria, pero ya sabe a qué me refiero. Era imposible que le hiciera daño a Charlie, y debía acatar todas las órdenes que éste le diera, así que con el tiempo empecé a pensar que había hecho un buen negocio.

Quiero decir, cuando jugaban a algo, Charlie ganaba siempre. Era de esperar. Y Chico nunca se enfadaba. Estaba hecho para perder. A veces Charlie zarandeaba a Chico, ya sabe, cosas de críos. Cuando un niño se enfada por algo, la emprende con otro. Siempre hacen lo mismo. Naturalmente, los padres del otro chiquillo se enfadan, así que de vez en cuando tenía que pedirle a Charlie que no hiciera eso y lo limitaba. Se sentía constreñido. No podía expresarse.

Bueno, con Chico podía hacerlo. ¿Por qué no? No se le puede lastimar. Está hecho de plástico, metal y quién sabe qué más. Aunque pareciera un ser humano, no estaba vivo. No podía sentir dolor.

De hecho, creo que la mayor virtud de Chico era ser algo con lo que Charlie podía descargar su exceso de energía para que no se acumulara y lo carcomiera por dentro. A Chico le daba igual. Jugaban al judo y Chico volaba por los aires, recibía pisotones, incluso, pero se limitaba a levantarse y decía: «Ésa ha sido buena, Charlie. Probemos de nuevo». Escuche, podría despeñarse desde lo alto de un edificio y no se haría ni un rasguño.

Siempre se mostraba cortés con nosotros. A mí me llamaba papá. A Josie, mamá. Se interesaba por nuestra salud. Ayudaba a Josie a levantarse de la silla. Ese tipo de cosas.

Lo habían diseñado así. Tenía que mostrarse afectuoso. Todo era automático. Estaba programado para ello. No significaba nada, pero a Josie le gustaba. Mire, siempre he sido trabajador y hacendoso. Ayudo a dirigir una fábrica, superviso la maquinaria. Como falle una sola pieza, se atasca todo. No tengo tiempo de comprar flores ni de ir por ahí retirando sillas de la mesa ni nada de eso. Además, llevamos veinte años de casados, ¿y cuánto duran esa clase de cosas?

En cuanto a Charlie... En fin, se enfrentaba a su madre como haría cualquier muchacho decente. Creo que Chico también le vino bien en ese sentido. Cuando Charlie se imponía a Chico por un momento, no iba corriendo por ahí gritando «mamá, mamá» al poco rato. No era un niño de mamá, ni dejaba que Josie lo mangoneara, y eso hacía que me sintiera orgulloso de él. Iba a ser un hombre hecho y derecho. Eso sí, a mí me escuchaba siempre. Un chico tiene que obedecer a su padre.

De modo que puede que fuera positivo que Chico estuviera diseñado para ser un niño de mamá. Eso proporcionaba a Josie la sensación de que tenía a uno de esos cerebritos en casa, y no le importaba tanto que Charlie siempre actuara por su cuenta.

Como es lógico, era inevitable que Josie se esforzara al máximo por echarlo todo a perder. Siempre andaba preocupada porque su cerebrito faldero resultara herido. No dejaba de decir cosas como: «A ver, Charlie, ¿por qué no eres más amable con tu hermanito?».

Era ridículo. Nunca conseguí meterle en la cabeza que Chico no sabía lo que era el dolor, que estaba diseñado para ser un perdedor, que todo era por el bien de Charlie.

Charlie, claro está, hacía oídos sordos. Jugaba con Chico como le apetecía.

¿Le importa que pare un momento? No me gusta hablar de todo esto, la verdad. Deje que me tome un respiro.

Vale, ya estoy mejor. Sigamos.

Transcurrido el año, decidí que ya estaba bien. Podíamos devolver a Chico a la U.S. Robots. Después de todo, había cumplido su cometido.

Pero Josie se oponía a esa idea. Se oponía con todas sus fuerzas.

Le dije: «Tendríamos que comprarlo ahora mismo».

A lo que respondió que ella correría con los gastos, así que le seguí la corriente.

Entre otras cosas, dijo que no podíamos privar a Charlie de su hermanito. Que Charlie se sentiría solo.

Y me dio por pensar, bueno, a lo mejor tiene razón. Créame, no hay nada peor que empezar a pensar que la parienta podría tener razón. Eso sólo acarrea problemas.

Charlie dejó de meterse tanto con Chico a medida que se hacía mayor. Ya era tan alto como él, por un lado, así que quizá empezara a pensar que no tenía por qué zarandearlo tanto.

Además, comenzó a interesarse por otras cosas aparte de las trifulcas. Como el baloncesto, por ejemplo; Chico y él jugaban unos contra uno, y Charlie era muy bueno. Siempre burlaba los bloqueos de Chico, y no fallaba casi ninguna canasta. Vale, puede que Chico se dejara superar y que dejara pasar algún tapón flagrante, pero, ¿no cuenta que la pelota entrara en la canasta? Eso Chico no podía fingirlo, ¿a que no?

Durante el segundo año, Chico se convirtió en algo así como un miembro más de la familia. No comía con nosotros ni nada por el estilo, porque no necesitaba alimento. Y tampoco dormía, así que pasaba las noches en un rincón del cuarto de Charlie.

Pero veía los holoprogramas con nosotros, y Josie siempre estaba explicándole cosas para que aprendiera y pareciese más humano. Se lo llevaba de compras y adonde se le ocurría cuando Charlie no lo necesitaba. Chico siempre podía echarle una mano, supongo, le llevaba las bolsas y siempre se mostraba atento, cortés y ese tipo de cosas.

Créame si le digo que Josie se mostraba menos intratable en presencia de Chico. De mejor humor, más cariñosa, menos quejica. La vida doméstica se hacía más llevadera, y pensé, bueno, Chico enseña a Charlie a ser cada vez más dominante y a Josie a sonreír un poco más, así que puede que tenerlo cerca tampoco estuviera tan mal.

Hasta que pasó lo que pasó.

Oiga, ¿no va a dejar que me remoje el gaznate?

Con alcohol, sí. Un poco, sólo un traguito. Venga, ¿ahora se va a preocupar por las normas? De alguna manera tengo que infundirme valor.

Ocurrió contra todo pronóstico. Una probabilidad entre un millón; entre mil millones. Se supone que las unidades de microfusión no dan problemas. Lo puede leer donde quiera. Todas son a prueba de fallos, pase lo que pase. Sólo que la mía no lo era. No sé por qué. Nadie sabe por qué. Al principio, nadie se percató siquiera de que fuera la microfusión. Me lo han contado más tarde, y que tengo opción a reclamar el coste íntegro de la casa y los muebles.

A buenas horas.

Mire, me trata como si yo fuera un maniaco homicida, pero, ¿por qué yo? ¿Por qué no acusan de asesinato a los responsables de la microfusión? Averigüen quién fabricó esa unidad, o quién la pifió durante la instalación.

¿No saben lo que es un verdadero delito? Esta cosa, esta microfusión... no estalla, no hace ningún ruido, sencillamente se recalienta y sigue recalentándose, hasta que la casa entera termina envuelta en llamas. ¿Cómo se explica que alguien pueda fabricar...?

Sí, enseguida sigo con la historia. Enseguida.

Estaba fuera aquel día. Por primera vez en un año, estaba fuera. Lo dirijo todo desde mi hogar, o desde dondequiera que esté con mi familia. No tengo por qué ir a ninguna parte, los ordenadores se encargan de todo. Mi trabajo no es como el suyo, agente.

Pero el jefazo quería verme en persona. No tiene sentido, se podría haber hecho todo por circuito cerrado. El caso es que de vez en cuando se le ocurren ideas y le da por convocar a todos los encargados de sección. Es como si pensara que no se puede juzgar realmente a una persona a menos que puedas verla en tres dimensiones, olerla y palparla. Supersticiones de la Edad Media... que ojalá volviera, antes de los ordenadores y los robots, cuando uno podía tener tantos hijos como le diera la gana.

Fue ese día cuando se estropeó la unidad de microfusión.

Me avisaron de inmediato. Siempre te avisan. Dondequiera que estés, incluso en la Luna o en alguno de los asentamientos espaciales, las malas noticias llegarán a ti en cuestión de segundos. Las buenas noticias puede que te las pierdas, pero las malas, nunca.

Emprendí el regreso a casa mientras ésta todavía estaba ardiendo.

Cuando llegué, lo que encontré fue una ruina absoluta, pero Josie estaba en el césped, con un aspecto desastroso pero viva. Me contaron que había salido al jardín cuando ocurrió.

Al ver que las llamas devoraban la casa, con Charlie en su interior, fue a buscarlo sin pensárselo dos veces; era evidente que debía de haber conseguido sacarlo, porque estaba tendido de costado en el suelo, rodeado de personas. Tenía mal aspecto. No podía verlo bien. No me atrevía a acercarme. Antes tenía que escucharlo de labios de Josie.

Me faltaban las palabras. «¿Está muy mal?», le pregunté a Josie, sin reconocer siquiera mi propia voz. Creo que empezaba a perder la cabeza.

Josie estaba diciendo: «No pude salvarlos a los dos. No pude salvarlos a los dos».

¿Por qué querría salvarlos a los dos?, pensé. Le dije: «Deja de preocuparte por Chico. Sólo es un cacharro. Lo cubrirá el seguro, recibiremos una compensación y podremos comprar otro Chico». Creo que conseguí decir todo eso, aunque no estoy seguro. Puede que no consiguiera emitir más que ruiditos roncos y estrangulados. No lo sé.

Tampoco sé si me oía, ni siquiera si era consciente de mi presencia. No dejaba de susurrar: «Tuve que elegir», una y otra vez.

No me quedaba más remedio que acercarme al lugar donde estaba tumbado Charlie. Carraspeé y conseguí preguntar: «¿Cómo está mi hijo? ¿Está herido?».

Uno de ellos dijo: «Quizá consigan repararlo». Después me miró y dijo: «¿Su hijo?».

Vi a Chico allí tendido, con un brazo deformado e incapacitado. Sonreía como si no hubiera pasado nada. Me dijo: «Hola, papá. Mamá me sacó del incendio. ¿Dónde está Charlie?».

Josie había tomado su decisión y había rescatado a Chico.

No sé qué ocurrió después de eso. No recuerdo nada. Ustedes dicen que la maté, que no consiguieron detenerme antes de que la estrangulara.

Es posible. No lo sé. No me acuerdo. Lo único que sé es que ella es la asesina.

Mató... mató a... Char...

Mató a mi hijo y salvó un montón...

Un montón de...

Titanio.

Las naciones en el espacio
Una fábula moderna

Como es sabido por todos, las naciones de Gladovia y Saronin son rivales desde hace siglos. En épocas medievales, la una había gobernado a la otra en uno u otro momento, y ambas recordaban con amargura lo estricto del dominio al que se habían visto sometidas. Incluso en el siglo XX, las dos naciones se las habían apañado para encontrarse en bandos opuestos durante los principales conflictos bélicos del momento.

Durante los cien años de paz que siguieron a la última de las grandes guerras, Gladovia y Saronin se habían concedido una tregua, pero nunca habían dejado de mirarse con el ceño fruncido y enseñando los dientes.

Corría ahora el año 2080, no obstante, y alrededor de la Tierra orbitaban unas centrales que capturaban la energía del Sol para distribuirla en forma de microondas entre todas las naciones del mundo. Eso había cambiado el mundo en más de un sentido. Gracias a la abundancia de energía solar, el consumo de combustibles fósiles se había reducido, al igual que la amenaza del efecto invernadero (si bien el inevitable exceso de energía procedente del Sol seguía produciendo una leve contaminación calórica).

Las grandes cantidades de energía y un riguroso control de la población se traducían en un aumento del nivel de vida; se habían optimizado tanto el reparto de los alimentos como la distribución de los recursos y, en general, se respiraba un ambiente de prosperidad y satisfacción.

Lo que no había cambiado, sin embargo, era la antipatía que sentían los gladovianos por Saronin, como tampoco la aversión a Gladovia de los saroneses.

Las centrales solares, por supuesto, no se dirigían solas. Pese a su concienzuda automatización y el generoso empleo de robots, seguía siendo importante que unos cuantos seres humanos inspeccionaran periódicamente las distintas estaciones para cerciorarse tanto de que todo funcionara correctamente como de que las diminutas motas de detritos espaciales y las inesperadas rachas de viento solar no alteraran el mecanismo de las computadoras hasta tal punto que los robots no fueran capaces de arreglarlos o que los mismos ordenadores no pudieran corregir la situación.

Los elegidos para la tarea hacían su parte y se turnaban con regularidad para que los efectos de la gravedad cero pudieran contrarrestarse con periodos de descanso en la superficie de la Tierra. Fue mera coincidencia, por tanto, que entre los sirvientes espaciales (como se les denominaba) del verano de 2080 se contaran, entre otros, dos gladovianos y dos saroneses. Estos adversarios tradicionales colaboraban en el transcurso de su trabajo y realizaban sus tareas correctamente, pero se esforzaban por restringir sus interacciones al mínimo imprescindible, y se abstenían de sonreír o cruzar cualquier otro gesto de cordialidad.

Un buen día, el más joven de los gladovianos, que respondía al nombre de Tomasz Brigon, se acercó al más veterano de los dos, Hamish Mansa, con una tensa sonrisa de satisfacción, y dijo:

—Esta vez sí que se la ha cargado ese estúpido saronés.

—¿Cuál? —preguntó Mansa.

—El que tiene un nombre que suena como un estornudo. ¿Quién puede hablar ese ridículo idioma saronés? En cualquier caso, con la torpeza que caracteriza a todos los saroneses, ha programado mal el ordenador A-5.

Mansa adoptó una expresión alarmada.

—¿Con qué resultado?

—Con ninguno, todavía. Pero cuando la intensidad del viento solar supere el índice de 1,3 la mitad de las centrales energéticas se apagarán y varios ordenadores se fundirán.

—¿Y qué has hecho al respecto? —preguntó Mansa, con los ojos abiertos de par en par.

—Nada —respondió Brigon—. Estaba allí y vi lo que pasaba. Ahora consta en el informe. El saronés se identificó como el operario del ordenador, y cuando las centrales energéticas se apaguen y los ordenadores se fundan, el mundo entero sabrá que el culpable fue un estúpido saronés. —Brigon estiró los brazos, desperezándose, y añadió con una sonrisa—: El mundo entero se pondrá furioso, y la perversa nación de Saronin al completo se verá humillada.

—Pero mientras tanto —dijo Mansa—, el suministro de energía de la Tierra se interrumpirá totalmente, y quizá pasen meses antes de que se restaure el buen funcionamiento del sistema, tal vez incluso uno o dos años.

—Tiempo de sobra —repuso Brigon— para que el mundo barra a Saronin de la faz de la Tierra, para que nuestra gloriosa nación de Gladovia recupere el territorio que le corresponde legítimamente.

—Piensa un poco —insistió Mansa—. Con tanta energía desaparecida de repente, el mundo estará demasiado ocupado intentando salvarse del desastre como para embarcarse en una cruzada. La industria se tambaleará, aumentará la amenaza del hambre, los afectados saldrán en tropel a las calles, las migajas de energía serán objeto de disputas; reinará el caos.

—Tanto peor para Saronin...

—Pero ese caos también salpicará a Gladovia. Nuestra gloriosa nación depende del suministro de energía solar tanto como Saronin, como el resto del planeta. Se producirá una catástrofe internacional de la que Gladovia podría salir peor parada que Saronin. Quién sabe.

Boquiabierto, Brigon adoptó una expresión preocupada.

—¿De veras lo crees?

—Por supuesto. Ve a hablar con ése cuyo nombre suena como un estornudo y pídele que revise su trabajo. No hace falta que confieses que sabes que algo anda mal. Di sencillamente que pasabas por allí y de repente te asaltó la sensación de que algo no iba bien. Di que has tenido un presentimiento. Y si encuentra el error y lo corrige, no te burles de él. Será lo más prudente. ¡Date prisa! ¡Por la gloriosa nación de Gladovia! Y por el mundo entero, por supuesto.

Brigon no tenía elección. Así lo hizo, y se evitó el peligro.

Moraleja:

Las personas se quieren a sí mismas por encima de todo. Pero en un mundo tan interconectado que el daño individual se convierte en daño generalizado, la mejor manera de quererse a uno mismo consiste en querer también a todos los demás.

La sonrisa del chipper

Johnson era un nostálgico, como ocurre a menudo con las personas mayores, y me habían advertido de que le gustaba disertar sobre los chippers, esos personajes tan curiosos que habían dominado el mundo de las finanzas durante una generación a comienzos del siglo XXI en el que nos encontramos. A pesar de ello, había disfrutado de una opípara comida a su costa y me sentía dispuesto a escuchar.

Así las cosas, fue lo primero que escapó de sus labios.

—Los chippers —dijo— no estaban regulados por aquel entonces. En la actualidad, su empleo está tan restringido que nadie puede beneficiarse de ellos, pero en su día... Uno de ellos convirtió a su empresa en el negocio valorado en diez mil millones de dólares que es ahora. Lo elegí yo, ¿sabe?

—Tengo entendido que no duraban gran cosa.

—No por aquel entonces. Se consumían. Cuando se añaden microchips en los puntos clave del sistema nervioso, los plomos se funden en un plazo de diez años a lo sumo, por así decirlo. Entonces se jubilaban... un poco alelados, usted ya me entiende.

—Me extraña que alguien se prestara voluntario a algo así.

—Bueno, todos los idealistas estaban horrorizados, por supuesto, por eso se aprobaron las regulaciones, pero los chippers no lo pasaban tan mal. Sólo determinadas personas podían aprovechar los microchips... varones más o menos en un ochenta por ciento de los casos, por alguna razón... y mientras se mantenían en activo, vivían a cuerpo de rey. Cuando acababa, siempre recibían los mejores cuidados. Para los atletas de élite tampoco era tan diferente, después de todo; diez años de actividad en la flor de la vida, y a jubilarse.

Johnson probó un sorbo de su bebida.

—Un chipper desregularizado era capaz de influir en las emociones de otras personas, ¿sabe?, siempre y cuando contara con los chips adecuados y tuviera talento. Poseían la capacidad de emitir juicios en función de lo que intuyeran en las mentes ajenas, y podían reforzar o debilitar las decisiones que fueran a tomar los competidores... por el bien de su propia empresa. No era injusto. Otras empresas tenían sus propios chippers haciendo lo mismo. —Suspiró—. Ahora eso es ilegal. Lástima.

—He oído que todavía se implantan chips de forma ilegal —dije con timidez.

—Sin comentarios —refunfuñó Johnson.

Ante mi silencio, continuó:

—Hace tan sólo treinta años, todo estaba por decidir. Nuestra empresa era una mota insignificante en el ámbito de la economía internacional, pero habíamos encontrado dos chippers que estaban dispuestos a colaborar con nosotros.

—¿Dos? —Nunca había oído nada parecido.

Johnson me lanzó una miradita taimada.

—Sí, lo conseguimos. No es de dominio público, pero todo se reducía a atinar con los reclutamientos y era ligeramente... sólo un poquito... ilegal, incluso por aquel entonces. Naturalmente, no podíamos contratarlos a ambos. Es imposible que dos chippers trabajen juntos. Son como genios del ajedrez, podría decirse. Déjelos en la misma habitación y el desafío está servido. Competirían continuamente, intentando influirse y manipularse el uno al otro. Se negarían a parar... serían incapaces, de hecho... y terminarían consumiéndose en cuestión de seis meses. Varias empresas lo descubrieron a su pesar, cuando empezaron a usarse chippers por vez primera.

—Me lo imagino —murmuré.

—Así que, puesto que no podíamos quedarnos con ambos y debíamos elegir a uno, queríamos al más poderoso, como es evidente, lo cual sólo podía dirimirse enfrentándolos entre sí sin permitir que se lastimaran mutuamente. Me encomendaron a mí la misión, y dejaron bien claro que si elegía al que, al final, resultaba ser el menos adecuado, ése sería el final también para mí.

—¿Cómo afrontó esa tarea, señor? —Sabía que había tenido éxito, naturalmente. Uno no llega a presidente de la junta directiva de una multinacional así como así.

—Tuve que improvisar —dijo Johnson—. Antes de nada, los investigué a cada uno por separado. Ambos eran conocidos por sus códigos alfanuméricos, por cierto. Por aquel entonces, sus verdaderas identidades debían ser un secreto. Un chipper reconocido como tal no servía de nada. En nuestros archivos constaban como C-12 y F-71. Ambos tenían veintimuchos. C-12 estaba soltero y sin compromiso; F-71 había anunciado su próximo enlace.

—¿Pensaba casarse? —pregunté, algo sorprendido.

—Desde luego. Los chippers son seres humanos, y los varones gozan de un gran éxito entre las mujeres. Es de esperar que tengan mucho dinero y, cuando se jubilan, sus esposas suelen hacerse cargo de la fortuna familiar. Para cualquier muchacha es una gran oportunidad. De modo que los cité a ambos, con la prometida de F-71. Abrigaba la esperanza de que fuera guapa, y lo era. Conocerla me produjo una impresión casi palpable. Era la mujer más hermosa que hubiera visto en mi vida, alta, de ojos negros, una figura maravillosa y una fogosidad algo más que ligeramente insinuada.

Johnson pareció abstraerse en sus pensamientos por unos instantes.

—Le aseguro —continuó— que me asaltó la poderosa tentación de intentar ganarme el favor de aquella mujer, pero era poco probable que alguien cercano a un chipper se conformase con un joven ejecutivo de tres al cuarto, y por aquel entonces yo no era otra cosa. Entregarse a otro chipper sería distinto, y saltaba a la vista que C-12 estaba tan impresionado como yo. No podía quitarle los ojos de encima. Así que dejé que los acontecimientos siguieran su curso para ver quién terminaba con la joven.

—¿Y quién fue, señor? —pregunté.

—Transcurrieron dos días de intenso conflicto mental. Debió de costarles un mes de vida útil, pero al final la muchacha se fue con C-12 como su nuevo prometido.

—Ah, de modo que usted también lo eligió como chipper de la empresa.

Johnson se me quedó mirando fijamente, con desdén.

—¿Se ha vuelto loco? No hice nada por el estilo. Elegí a F-71, naturalmente. Colocamos a C-12 en una de nuestras pequeñas subsidiarias. No podría trabajar para nadie más, entiéndalo, porque sabíamos quién era.

—¿Me he perdido algo? F-71 perdió a su prometida y C-12 se quedó con ella. Es evidente que C-12 era superior.

—¿Seguro? Los chippers no exhiben emociones en casos así, no de forma visible. A efectos profesionales es preciso que los chippers oculten sus poderes, por lo que la cara de póquer es en ellos un requisito imprescindible. Pero yo los observaba con atención... me jugaba el puesto... y cuando C-12 se alejó con la mujer, reparé en la sonrisita que aleteaba en los labios de F-71 y me pareció vislumbrar un destello de victoria en su mirada.

—Pero si acababa de perder a su prometida.

—¿No es posible que quisiera perderla y desembarazarse de ella no fuera tan fácil? Debía esforzarse para que C-12 la deseara, para que la mujer deseara que la desearan... y lo hizo. Ganó.

Pensé en lo que acababa de decir.

—¿Pero cómo podía usted estar tan seguro? Si la mujer era tan despampanante como dice, si rezumaba fogosidad por los poros, lo lógico sería que F-71 quisiera conservarla.

—Sólo que era F-71 quien la volvía tan deseable —repuso Johnson, adusto—. Su objetivo era C-12, por supuesto, pero su poder era tal que el exceso bastó para afectarme drásticamente. Cuando todo hubo acabado y C-12 se alejaba con ella, dejé de verme afectado por la sugestión y pude darme cuenta de que la envolvía un aura de crueldad y pretenciosidad, de que en su mirada ardía un fuego depredador y despiadado.

»De modo que escogí a F-71 y demostró superar todas nuestras expectativas. La empresa ha llegado lejos, como puede ver, y yo presido su junta.

Oro

Jonas Willard miró a un lado y a otro, dio unos golpecitos con la batuta en el atril que tenía delante y preguntó:

—¿Lo habéis entendido ya? Esto no es más que un ensayo, diseñado para averiguar si sabemos lo que estamos haciendo. Con la de veces que lo hemos repetido, espero una actuación profesional. Preparados. Todo el mundo a sus puestos.

Volvió a mirar de un lado a otro. Había una persona junto a cada una de las grabadoras, y otras tres encargadas de operar el proyector. Una séptima se encargaba de la música y una octava de los imprescindibles sonidos de fondo. Otras aguardaban su turno en los laterales.

—De acuerdo —dijo Willard—. Recordad que este anciano ha sido un tirano durante toda su vida de adulto. Está acostumbrado a que todo el mundo dé un salto ante la menor de sus insinuaciones, a que todos se estremezcan cuando frunce el ceño. Todo eso se acabó ya, pero él aún no lo sabe. Se enfrenta a su hija, a quien tiene por una simple muchacha servil y obsequiosa que hará cuanto le ordene, y le cuesta aceptar que se ha convertido en una reina imperiosa. Que entre el rey.

Apareció Lear. Alto, canos los cabellos y la barba, algo desaliñado, penetrante y aguda la mirada.

—Sin encorvarse —dijo Willard—. Sin encorvarse. Tiene ochenta años pero no se considera viejo. Todavía no. Erguido. Un rey de la cabeza a los pies. —Se ajustó la imagen—. Eso es. Y la voz tiene que ser fuerte. Sin tartamudeos. Todavía no. ¿De acuerdo?

—De acuerdo, jefe —dijo el grabador de la voz de Lear.

—Bueno. La reina.

Y allí estaba ella, casi tan alta como Lear, con la espalda recta y rígida como una estatua, envuelta en ricos ropajes, sin un solo detalle fuera de su sitio. Su belleza era tan fría e implacable como el hielo.

—Y el bufón.

Un tipo bajito, frágil y flaco, como un adolescente asustado pero con un rostro demasiado viejo para un adolescente, y con un brillo perspicaz en los ojos, tan grandes que amenazaban con devorarle la cara.

—Bien —dijo Willard—. Listos para Albany. Entra enseguida. Que empiece la escena. —Volvió a dar unos golpecitos en el podio, lanzó un rápido vistazo al guion plagado de notas que tenía delante y exclamó—: ¡Lear! —La batuta apuntó a la grabadora de Lear, moviéndose suavemente para señalar la cadencia que deseaba imprimir al discurso.

—¿Qué pasa, hija? ¿A qué viene ese ceño? Estás muy ceñuda últimamente.

Lo interrumpe la voz del bufón, atiplada como un flautín, cantarina:

—Eras muy afortunado cuando no te importaba su ceño...

Goneril, la reina, se gira lentamente para mirar al bufón mientras éste continúa hablando; sus ojos se transforman por un instante en orbes de luz llameante, un efecto tan fugaz que quienes lo observan creerán haber presentido más que visto la acción. El bufón completa su discurso con creciente pavor y retrocede hasta situarse detrás de Lear, buscando a ciegas protegerse de ese escrutinio abrasador.

Goneril procede a explicarle a Lear las verdades de la vida; una fina capa de hielo se resquebraja mientras habla, y la música se tachona de delicadas notas discordantes, apenas audibles.

Tampoco las demandas de Goneril están tan fuera de lugar, pues lo que quiere es una corte cabal, y no podrá haberla mientras Lear siga considerándose un tirano. Lear, sin embargo, no está de humor para atender a razones. En un arrebato de pasión, comienza a despotricar.

Entra Albany. Es el consorte de Goneril: mofletudo, inocente, con una perpetua expresión de asombro en la mirada. ¿Qué está pasando? Su dominante esposa y su suegro enfurecido lo amedrentan por completo. Es llegado este momento cuando Lear prorrumpe en una de las denuncias más desgarradoras de la historia de la literatura. Su reacción es desmedida, Goneril aún no ha hecho nada para merecer esto, pero Lear no tiene freno. Dice:

¡Óyeme, Naturaleza! ¡Escucha, diosa amada!
Si fue tu voluntad hacer fecundo
a este ser, renuncia a tu propósito.
Lleva a sus entrañas la esterilidad.
Sécale los órganos de la generación,
y de su cuerpo envilecido nunca nazca
criatura que la honre. Y, si ha de procrear,
que su hijo sea de hiel y sólo viva
para darle tormentos inhumanos.
¡Que le abra arrugas en su frente juvenil,
le agriete las mejillas con el llanto
y convierta las penas y alegrías de una madre
en burla y menosprecio, para que sienta
que tener un hijo ingrato duele más
que un colmillo de serpiente!

La grabadora amplificó la voz de Lear para esta parte, le imprimió un siseo lejano, su cuerpo se volvió más alto y menos sustancial, de alguna manera, como si se hubiera transformado en una furia vengativa.

En cuanto a Goneril, se mantuvo inconmovible en todo momento, sin alterar su expresión ni reconsiderar su postura, pero sus bellas facciones, aun sin que se operara en ellas ningún cambio perceptible, parecieron ir cargándose de odio hasta que, cuando la maldición de Lear tocó a su final, ofrecía aún el aspecto de un arcángel, pero de un arcángel caído en desgracia. Hasta el último rastro de compasión se había borrado de su semblante, dejando tan sólo la peligrosa magnificencia de un demonio.

El bufón se mantuvo parapetado tras Lear en todo momento, tembloroso. Albany era la viva imagen de la estupefacción, planteando preguntas sin sentido, visiblemente deseoso de interponerse entre los dos antagonistas y, al mismo tiempo, temeroso de hacerlo.

Willard dio unos golpecitos con la batuta y dijo:

—De acuerdo. Todo ha quedado grabado y quiero que veáis la escena. —Levantó la batuta, y el sintetizador emplazado al fondo del equipo proyectó lo que sólo podría calificarse de repetición instantánea.

Cuando todos la hubieron contemplado en silencio, Willard dijo:

—Ha estado bien, pero creo que reconoceréis que no lo suficiente. Voy a pediros a todos que me escuchéis, para que pueda explicaros lo que intentamos hacer. El teatro informatizado no es nuevo, como sabéis. Las voces y las imágenes se han llevado más allá de los límites de la habilidad del ser humano. Ya no hace falta que interrumpáis el discurso para tomar aliento, la variedad y la calidad de las voces son prácticamente ilimitadas, y las imágenes pueden amoldarse a las palabras y la acción. A pesar de todo, hasta ahora esta técnica únicamente se ha utilizado con fines pueriles. Lo que nos proponemos es generar el primer compudrama serio que el mundo haya visto jamás, y no nos sirve nada... a mí no me sirve, al menos... salvo empezar por lo más alto. Quiero producir la obra más importante nunca escrita por el mayor dramaturgo de la historia: *El rey Lear,* de William Shakespeare.

»No quiero cambiar ni omitir ni una sola palabra. No quiero modernizar la obra, no quiero renovar los arcaísmos, porque esta obra, tal y como fue escrita, contiene una musicalidad gloriosa que se reduciría aun con la menor de las modificaciones. Pero, en tal caso, ¿cómo conseguir que llegue al gran público? No me refiero ni a los estudiantes ni a los intelectuales, sino a todo el mundo. Estoy hablando de aquellas personas que nunca antes han visto una obra de Shakespeare y cuya idea de refinamiento teatral son las bufonadas musicales. Esta obra contiene pasajes arcaicos, y nadie se expresa con pentámetros yámbicos. Se ha perdido incluso la costumbre de oírlo en el escenario.

»De modo que vamos a tener que traducir los elementos más

arcaicos e inusuales. Las voces, más que humanas, interpretarán las palabras por medio del timbre y la modulación. Las imágenes fluctuarán para enfatizar los diálogos.

»El cambio operado en las facciones de Goneril mientras hablaba con Lear, como acabamos de ver, ha salido bien. Los espectadores notarán el efecto tan devastador que la diatriba del rey ha surtido en ella, aunque su férrea voluntad le impida expresarlo con palabras. Por consiguiente, los espectadores notarán ese efecto devastador también en ellos mismos, aunque algunos de los términos empleados por Lear les resulten ajenos.

»Siguiendo ese razonamiento, debemos acordarnos de conseguir que el bufón parezca cada vez más viejo con cada una de sus apariciones. Desde el principio es un debilucho enfermizo, desolado por la pérdida de Cordelia, muerto de miedo ante Goneril y Regan, devastado por la tormenta de la que Lear, su único benefactor, no puede protegerlo... y con eso me refiero tanto a la tormenta de la hija de Lear como a las inclemencias del tiempo. Cuando abandone el escenario, al final de la sexta escena del tercer acto, a nadie debe caberle la menor duda de que está a punto de morir. Puesto que Shakespeare no lo dice con esas palabras, será el rostro del bufón el que deba transmitirlo.

»Sin embargo, tenemos que hacer algo con Lear. La grabadora iba por el buen camino al imprimir un siseo a la pista de voz. Lear destila veneno; se trata de un hombre al que, tras haber perdido todo su poder, no le quedan más recursos que la vileza y las declaraciones extremas. Es una cobra incapaz de atacar. Pero no quiero que ese siseo se oiga antes del momento adecuado. Me interesa más el ruido de fondo.

La mujer encargada del sonido ambiental, Meg Cathcart, llevaba generando efectos de fondo desde que se inventó la técnica del compudrama.

—¿Qué quieres de fondo? —preguntó fríamente Cathcart.

—El motivo de la serpiente —dijo Willard—. Dame algo de eso y podremos restar siseo a la voz de Lear. No quiero que muestres ninguna serpiente, por supuesto. Lo obvio no dará resultado. Quiero una serpiente que los espectadores no puedan ver sino presentir, aunque no sepan exactamente qué es lo que están presintiendo. Quiero que sepan que una serpiente anda cerca pero sin estar seguros de su presencia, para que la sensación los congele hasta la médula, como haría el discurso de Lear. Cuando lo repitamos, Meg, danos una serpiente que no sea una serpiente.

—¿Y cómo lo hago, Jonas? —replicó Cathcart, tomándose la libertad de tutearlo. Conocía su valía y sabía cuán esencial era.

—No lo sé. Si lo supiera, sería fondista en vez de un piojoso director. Lo único que sé es lo que quiero. Tu deber es proporcionármelo. Deberás suministrarnos sinuosidad, la insinuación de una piel cubierta de escamas. Hasta que lleguemos a un punto determinado. Recuerda las palabras de Lear: «Tener un hijo ingrato duele más que un colmillo de serpiente». Eso es poder. El discurso entero desemboca en esa frase, una de las citas más famosas de Shakespeare. Y es sibilante. Tenemos ese «más», esa «serpiente», incluso las jotas y las elles podrían sisearse. Si mantienes el siseo tan soterrado como sea posible en el resto del discurso, puedes darle rienda suelta aquí, y deberías concentrarlo en su rostro y volverlo ponzoñoso. En cuanto al fondo, la serpiente... la cual, después de todo, se menciona ya explícitamente... puede hacer su aparición a lo lejos. El destello de unas fauces abiertas y colmillos, colmillos... Debemos atisbar fugazmente unos colmillos cuando Lear diga «un colmillo de serpiente».

El cansancio sobrevino a Willard de repente.

—De acuerdo. Lo intentaremos de nuevo mañana. Quiero que cada uno de vosotros repase la escena entera e intente perfeccionar la estrategia que va a utilizar. Recordad, por favor, que no sois los únicos implicados. Lo que hagáis debe estar a la par de lo que hagan los demás, así que os aconsejo que lo habléis entre vosotros... y, sobre todo, que me prestéis atención. No tengo ningún instrumento que me distraiga y soy el único que puede ver la obra en su conjunto. Y si os parezco tan tirano como Lear en sus peores momentos, en fin, es mi trabajo.

Willard se acercaba a la escena de la gran tormenta, la parte más difícil de esta complicadísima obra, y se sentía extenuado. Las hijas de Lear lo habían dejado a merced de una tormenta de viento y agua, con su bufón por toda compañía, y el castigo prácticamente le había hecho perder la razón. Para él, ni siquiera la tormenta es tan mala como sus hijas.

Willard apuntó con la batuta y apareció Lear. Un gesto en una dirección y allí estaba el bufón, aferrado a la pierna del monarca, desamparado. Otro gesto y entró en acción el ruido de fondo, insinuando una tormenta, los aullidos del viento, el azote de la lluvia, el crepitar de los truenos y los fogonazos de los relámpagos.

La tormenta lo invadió todo, un fenómeno de la naturaleza, pero mientras lo hacía, la imagen de Lear se amplió y alcanzó lo que parecían las dimensiones de una montaña. La tormenta de sus emociones rivalizaba con la de los elementos, y su voz respondía hasta al último aullido del viento. Su cuerpo perdió sustancia y osciló con el viento, como si él mismo fuera un nubarrón, contendiendo de igual a igual con la furia atmosférica. Lear, tras fracasar con sus hijas, desafiaba a la tormenta a que le lanzara todo cuanto tenía. Con una voz que trascendía lo meramente humano, exclamó:

¡Soplad, vientos, y rajaos las mejillas!
¡Rugid, bramad! ¡Romped, turbiones y diluvios,
hasta anegar las torres y hundir las veletas!
¡Fuegos sulfúreos, raudos como el pensamiento,
heraldos del rayo que parte los robles,
quemadme las canas! Y tú, trueno estremecedor,
¡aplasta la espesa redondez de la tierra,
rompe los moldes de la naturaleza y mata
la semilla que produce al hombre ingrato!

Lo interrumpe el bufón. El contraste de su vocecilla estridente presta aún más heroicidad al desafío de Lear. Implora al rey que regrese al castillo y haga las paces con sus hijas, pero Lear ni siquiera lo escucha y continúa bramando:

¡Retumbe tu vientre! ¡Escupe, fuego; revienta, nube!
Ni lluvia, viento, trueno, ni rayo son mis hijas.

De ingratitud no os acuso, elementos:
yo nunca os di un reino, jamás os llamé hijos.
No me debéis obediencia, así que arrojad
vuestro horrendo placer. Aquí está vuestro esclavo,
un pobre anciano, mísero, débil, despreciado...

El duque de Kent, su leal súbdito (a pesar de que el monarca, en un ataque de ira, lo ha desterrado), encuentra a Lear e intenta convencerlo para que se resguarde. Tras un interludio en el castillo del duque de Gloucester, la escena regresa a Lear en la tormenta, y el rey es llevado, o más bien arrastrado, hasta una casucha.

Allí, por fin, Lear aprende a pensar en los otros. Insiste en que el bufón entre antes que nadie mientras él se demora en el exterior para reflexionar (sin duda por primera vez en su vida) acerca de la maldición de quienes no son ni reyes ni cortesanos.

Su imagen se encoge y la ferocidad de sus facciones se diluye. Con el rostro vuelto hacia la lluvia, sus palabras suenan incorpóreas, como si no provinieran directamente de él, como si estuviera escuchando la lectura del discurso por parte de otra persona. Después de todo, no era el antiguo Lear quien hablaba, sino un Lear renovado y mejorado, refinado y templado por el sufrimiento. Ante la nerviosa mirada de Kent, que porfiaba por llevarlo al interior de la casucha, mientras Meg Cathcart se las componía para sugerir la proximidad de unos pordioseros mediante el simple aleteo de unos harapos, Lear declara:

Pobres míseros desnudos, dondequiera que estéis,
expuestos al azote de esta cruel tormenta,
¿cómo os protegerá de un tiempo como éste
vuestra cabeza descubierta, vuestro cuerpo
sin carnes, los harapos llenos de agujeros?
¡Ah, qué poco me han preocupado! Cúrate, lujo;
despójate y siente lo que siente el desvalido,
para que pueda caerle lo superfluo
y se vea que los cielos son más justos.

—No está mal —dijo Willard, al cabo—. Ya vamos captando la idea. Sólo que, Meg, no basta con los harapos. ¿Puedes conseguir la insinuación de unos ojos huecos? No ciegos. Que los ojos estén ahí, pero hundidos.

—Me las apañaré —respondió Cathcart.

A Willard le costaba creerlo. El dinero invertido era más de lo esperado. El tiempo que les había llevado era considerablemente superior a lo anticipado. Y el cansancio generalizado era mucho mayor de lo previsto. Sin embargo, el proyecto tocaba a su fin.

Quedaba por representar la escena de la reconciliación, tan simple que requeriría los retoques más sutiles. No habría sonido de fondo, ni voces o imágenes trucadas, pues llegados a este punto Shakespeare se volvía sencillo. Esa sencillez era lo único que necesitaban.

Lear era un anciano, ni más ni menos. Cordelia, tras el rencuentro, se había convertido en una hija afectuosa, sin la majestuosidad de Goneril ni la crueldad de Regan, tan sólo delicada y entrañable.

Lear, consumida ya su locura, empieza paulatinamente a comprender la situación. Al principio le cuesta reconocer a Cordelia, cree que ha muerto y que su hija es un espíritu celestial. Tampoco reconoce al leal Kent.

Cuando Cordelia intenta terminar de traerlo de vuelta al ámbito de la cordura, el monarca dice:

No te burles de mí, te lo ruego.
Sólo soy un anciano que chochea,
los ochenta ya pasados, ni un día menos,
y, hablando con franqueza,
me temo que no estoy en mi juicio.
Creo que te conozco, a ti y a este hombre,
pero estoy dudoso: ignoro del todo
qué lugar es éste y, por más que lo intento,
no recuerdo esta ropa; ni tampoco sé
dónde he pasado la noche. No os riais de mí,

pues, tan verdad como que soy hombre, creo
que esta dama es mi hija Cordelia.

A lo que Cordelia responde que, en efecto, de ella misma se trata. Lear continúa:

¿Mojan tus lágrimas? Sí, cierto. No llores,
te lo ruego. Si tienes veneno, me lo beberé.
Sé que no me quieres. Tus hermanas,
ahora lo recuerdo, me han tratado mal.
Tú tienes motivo; ellas, no.

Lo único que la pobre Cordelia acierta a decir es: «Motivo, ninguno; ninguno».

Al final, con un hondo suspiro, Willard anunció:

—Hemos hecho cuanto podíamos. El resto está en manos del público.

Fue un año más tarde cuando Willard, convertido ya en el hombre más famoso del mundo del espectáculo, se encontró con Gregory Laborian. Se habían conocido prácticamente por accidente, y gracias en gran medida a la intervención de un amigo mutuo. Willard no se sentía agradecido.

Saludó a Laborian con tanta cortesía como fue capaz de reunir y lanzó una mirada glacial a la cinta que marcaba la hora en la pared. Dijo:

—No quiero pecar de desagradable ni poco hospitalario,señor... ah... pero lo cierto es que soy una persona muy ocupada, y no dispongo de mucho tiempo.

—Estoy seguro de ello, pero precisamente por eso quería verlo. Sin duda querrá hacer otro compudrama.

—Le aseguro que ésa es mi intención. —Willard sonrió con aspereza—. Pero *El rey Lear* es una obra difícil de superar, y no me gustaría entregar algo que parezca basura en comparación.

—¿Y si no encuentra nunca nada capaz de igualar a *El rey Lear*?

—Estoy seguro de que no encontraré nunca nada parecido, pero encontraré algo.

—Yo tengo algo.
—¿Sí?
—Tengo una historia, una novela, que se podría convertir en compudrama.
—Ah, ya. Lo cierto es que no puedo aceptar lo primero que me metan por debajo de la puerta.
—Lo que le ofrezco no ha salido de ninguna montaña de manuscritos pendientes de aprobación. La novela ha sido publicada y ha recibido críticas muy positivas.
—Lo siento. No pretendía ser grosero. No he reconocido su nombre cuando se presentó.
—Laborian. Gregory Laborian.
—Sigue sin sonarme de nada. Nunca he leído nada suyo. Nunca he oído hablar de usted.
Laborian exhaló un suspiro.
—Ojalá fuera usted el único, que no lo es. Aun así, podría darle un ejemplar de mi novela para que la leyera.
Willard sacudió la cabeza.
—Es usted muy amable, señor Laborian, pero no quiero darle falsas esperanzas. No tengo tiempo para leerla. Y aunque lo tuviera... sólo quiero que entienda mi postura... me faltaría la motivación.
—Podría recompensarlo por su tiempo, señor Willard.
—¿En qué sentido?
—Podría pagarle. No lo consideraría un soborno, tan sólo una oferta de dinero que usted se tendría bien merecido si aceptara trabajar en mi novela.
—Señor Laborian, me temo que no se imagina cuánto dinero hace falta para elaborar un compudrama de primera clase. Intuyo que no es usted multimillonario.
—No, tiene razón, pero puedo pagarle cien mil globodólares.
—Si se trata de un soborno, será totalmente ineficaz. Con cien mil globodólares no podría producir ni una sola escena.
Laborian suspiró de nuevo. Sus grandes ojos castaños se llenaron de sentimiento.
—Lo entiendo, señor Willard, pero si me concediera tan sólo unos pocos minutos... —dijo, al ver que la mirada de Willard vol-

vía a posarse en la cinta horaria de la pared.

—Bueno, cinco minutos más. Le aseguro que no dispongo de más.

—Es cuanto necesito. No le ofrezco dinero para elaborar el compudrama. Usted y yo sabemos, señor Willard, que puede presentarse ante una docena de personas en este país, anunciar que piensa hacer un compudrama y recibir todo el dinero que necesite. Después de *El rey Lear,* nadie le negará nada ni le preguntará siquiera de qué proyecto se trata. Le ofrezco cien mil globodólares para que disponga de ellos a título personal.

—En tal caso sí que es un soborno, y esas cosas no van conmigo. Adiós, señor Laborian.

—Espere. No le estoy ofreciendo una transacción electrónica. No estoy sugiriendo que vaya a introducir mi tarjeta financiera en una ranura, y que usted haga lo mismo, para transferir cien mil globodólares de mi cuenta a la suya. Le hablo de oro, señor Willard.

Willard, que se había levantado de la silla con la intención de abrir la puerta y enseñarle la salida a Laborian, titubeó.

—¿A qué se refiere con eso de «oro»?

—Me refiero a que puedo acceder a cien mil globodólares de oro, unos siete kilos, creo. Quizá no sea multimillonario, pero sí que vivo sin estrecheces y no me haría falta robarlo. Se trataría de mi propio dinero, y tengo derecho a retirarlo en forma de oro. No habría nada de ilegal en ello. Lo que le ofrezco son cien mil globodólares en piezas de quinientos globodólares... doscientas de ellas. Oro, señor Willard.

¡Oro! A Willard le asaltaron las dudas. El dinero, cuando era cuestión de intercambios electrónicos, no significaba nada. A partir de cierto nivel se perdía la sensación de riqueza o pobreza. El mundo estaba infestado de tarjetas de plástico (todas ellas personalizadas según un código de ácido nucleico) y ranuras, y ya nadie hacía nada más que transferir, transferir y transferir.

El oro era distinto. Se podía palpar. Las piezas se podían sopesar. Amontonadas, irradiaban una belleza deslumbrante. Representaban una riqueza que podía apreciarse y experimentarse. Willard no había visto nunca una moneda de oro, y menos aún la había palpado o sopesado. ¡Doscientas de ellas!

No necesitaba el dinero. No estaba tan seguro de no necesitar el oro.

Mortificado por su debilidad, preguntó:

—¿De qué clase de novela estaríamos hablando?

—Ciencia-ficción.

Willard hizo una mueca.

—Nunca he leído nada de ciencia-ficción.

—Entonces va siendo hora de que amplíe sus horizontes, señor Willard. Lea la mía. Si se imagina una moneda de oro cada dos páginas del libro, tendrá sus doscientas.

Y Willard, aun despreciándose por su flaqueza, repuso:

—¿Cómo se titula la obra?

—*Tres en uno.*

—¿Tiene algún ejemplar?

—He traído uno conmigo.

Willard extendió la mano y lo aceptó.

Willard no había faltado en absoluto a la verdad cuando afirmó que era una persona ocupada. Le llevó más de una semana encontrar el tiempo necesario para leer el libro, aun tentado por el incentivo de doscientas piezas de oro reluciente.

Cuando acabó, se quedó sentado un momento, pensativo. Después llamó a Laborian.

A la mañana siguiente, Laborian regresó al despacho de Willard.

—Señor Laborian —dijo éste, sin más preámbulo—, he leído su libro.

Laborian asintió con la cabeza, sin poder ocultar un destello de preocupación en su mirada.

—Espero que le haya gustado, señor Willard.

Willard levantó una mano y la inclinó a derecha e izquierda.

—Así, así. Le dije que no acostumbro a leer ciencia-ficción, así que no sé si la historia será buena o mala dentro de su género...

—¿Importa eso, si le ha gustado?

—No estoy seguro de que me haya gustado. No estoy acostumbrado a este tipo de cosas. En esta novela salen tres personajes, pertenecientes a otros tantos sexos.

—Sí.

—Los cuales usted denomina Racional, Emocional y Parental.

—Sí.

—Pero no los describe.

Laborian adoptó una expresión azorada.

—No los he descrito, señor Willard, porque no podía. Son criaturas alienígenas, completamente alienígenas. No quería impostar su condición de alienígenas confiriéndoles una piel azul, un par de antenas o un tercer ojo. Quería que fueran indescriptibles, ¿lo ve?, por eso se omite su descripción.

—Lo que está diciendo es que su imaginación no estaba a la altura.

—N-no. Yo no diría eso. Se trata más bien de que no poseo ese tipo de imaginación. No describo a nadie. Si escribiera una historia sobre nosotros, probablemente no me molestaría en describirnos ni a usted ni a mí.

Willard se quedó mirando fijamente a Laborian, sin esforzarse por disimular su desdén. Pensó en sí mismo. Talla mediana, barrigudo, necesita adelgazar, papada incipiente y un lunar en la muñeca derecha. Cabello castaño claro, ojos azul oscuro, nariz bulbosa. ¿Qué tienen de complicadas las descripciones? Podría hacerlo cualquiera. Si tienes un personaje imaginario, piensa en alguien real... y descríbelo.

Allí estaba Laborian, moreno de piel, pelo negro y rizado, con pinta de necesitar un afeitado, seguramente ése era el aspecto que ofrecía siempre, nuez prominente, una pequeña cicatriz en la mejilla derecha, ojos castaño oscuro, bastante grandes, el único rasgo que lo redimía.

—No lo entiendo —dijo Willard—. ¿Qué clase de escritor es usted, que le cuesta describir las cosas? ¿Qué escribe?

Con mucha suavidad, como si no fuera ésta la primera vez que debía defenderse ante una acusación parecida, Laborian respondió:

—Ya ha leído *Tres en uno.* He escrito otras novelas y todas comparten el mismo estilo. Principalmente diálogos. No veo las cosas cuando escribo, sino que las oigo, y la mayoría de las veces mis personajes hablan de ideas... ideas contrapuestas. Ése es mi fuerte y a mis lectores les gusta.

—Sí, pero, ¿dónde me deja eso a mí? No puedo dirigir un compudrama basado únicamente en conversaciones. Tengo que crear imágenes, sonidos y mensajes subliminales, y usted no me deja nada con lo que trabajar.

—Entonces, ¿piensa dirigir *Tres en uno*?

—No a menos que me dé algo con lo que trabajar. ¡Piense, señor Laborian, piense! Ese tal Parental. Es el más tonto.

—No es tonto —dijo Laborian, frunciendo el ceño—. Abnegado. En su mente sólo hay lugar para los niños, reales o en potencia.

—¡Cuadriculado! Si no es ése el término exacto que empleó en su novela para describir a Parental, y ahora mismo no lo recuerdo, sin duda es la impresión que da. Cúbico. ¿Lo es?

—Bueno, sencillo. Líneas rectas. Planos rectos. Cúbico, no. Más largo que ancho.

—¿Cómo se mueve? ¿Tiene piernas?

—No lo sé. Francamente, no me había parado a pensarlo.

—Hmf. Y el Racional. Es el más listo, ágil y astuto. ¿Cómo es? ¿Ovalado?

—Lo aceptaría. Tampoco lo había pensado nunca, pero lo aceptaría.

—¿Sin piernas?

—No he descrito ninguna.

—¿Y qué del personaje intermedio? El «femenino»... ya que los otros dos son varones.

—La Emocional.

—Correcto. La Emocional. Ella le salió mejor.

—Por supuesto. Concentré casi todas mis ideas en ella. Intentaba salvar a las inteligencias alienígenas... nosotros... de un mundo alienígena, la Tierra. Las simpatías del lector deben estar con ella, aunque fracase.

—Deduzco que era más bien como una nube, no tenía ninguna forma definida, podía atenuarse y comprimirse.

—Sí, sí. Precisamente.

—¿Se desliza por el suelo o flota en el aire?

Tras recapacitar un momento, Laborian sacudió la cabeza.

—No lo sé. Diría que tendrá que juzgar por sí mismo, llegado el momento.

—Ya veo. ¿Y qué pasa con el sexo?

—Es un elemento crucial —repuso Laborian, entusiasmado de improviso—. En mis novelas nunca he incluido más sexo que el estrictamente necesario, y siempre me he abstenido de describirlo...

—¿No le gusta el sexo?

—Claro que me gusta, vaya pregunta. Es sólo que no me gusta en mis novelas. Todo el mundo abusa de él y, la verdad, creo que los lectores encuentran refrescante su ausencia en mis historias. Mis lectores, al menos. Y debo aclararle que mis libros se venden muy bien. No tendría cien mil dólares que gastar de lo contrario.

—De acuerdo. No intento hacerle de menos.

—Sin embargo, siempre sale alguien que dice que no incluyo nada de sexo porque no sé cómo, así que... por vanagloriarme, supongo... escribí esta novela tan sólo para demostrar que sé hacerlo. Toda la trama gira en torno al sexo. Sexo alienígena, naturalmente, en absoluto como el nuestro.

—Precisamente. Por eso debo preguntarle por su mecánica. ¿Cómo funciona?

Laborian pareció titubear por unos instantes.

—Se funden.

—Ya sé que ésa es la palabra que utiliza. ¿Quiere decir que se mezclan? ¿Se superponen?

—Supongo.

Willard exhaló un suspiro.

—¿Cómo puede escribir un libro sin saber nada de su elemento fundamental?

—No hace falta que lo describa con todo lujo de detalles. El lector se hace una idea. ¿Cómo puede hacerme esa pregunta cuando la sugestión subliminal es algo consustancial a los compudramas?

Los labios de Willard formaron una línea apretada. Laborian lo había pillado.

—De acuerdo. Se superponen. ¿Cuál es su aspecto después de superponerse?

Laborian sacudió la cabeza.

—Evité mencionarlo.

—Comprenderá, claro está, que yo no puedo permitirme ese lujo.

—Sí —asintió Laborian.

Willard suspiró de nuevo y dijo:

—Mire, señor Laborian, aun suponiendo que acceda a realizar semejante compudrama... y todavía no he tomado ninguna decisión al respecto... tendría que hacerlo completamente a mi manera. No toleraría la menor intromisión por su parte. Ha eludido tantas responsabilidades durante la elaboración del libro que no puedo arriesgarme a que de repente se le antoje formar parte de mi proceso creativo.

—Es comprensible, señor Willard. Lo único que le pido es que respete al máximo la trama y los diálogos. Estoy dispuesto a dejar enteramente en sus manos el apartado visual, el sonido y los componentes subliminales.

—Espero que entienda que esto no puede sellarse con unos de esos acuerdos verbales de los que alguien de nuestra industria, hace alrededor de ciento cincuenta años, dijo que no valían ni el papel en el que estaban escritos. Mis abogados tendrán que redactar un contrato según el cual usted renuncie a toda participación en el proyecto.

—Mis abogados lo revisarán con mucho gusto, pero le garantizo que no pienso ponerme tiquismiquis.

—Además —añadió con severidad Willard—, quiero un avance del dinero que me ha ofrecido. No puedo arriesgarme a que cambie de opinión y no estoy de humor para pleitos interminables.

Laborian frunció el ceño.

—Señor Willard, quienes me conocen jamás pondrían en duda mi integridad empresarial. Puesto que usted no me conoce, le consentiré esa observación, pero espero que no se repita, por favor. ¿Qué cantidad quiere por adelantado?

—La mitad —dijo Willard, sucinto.

—Haré algo más que eso —replicó Laborian—. Cuando haya obtenido el compromiso necesario de quienes estén dispuestos a invertir en el compudrama, y una vez redactado nuestro contrato, le daré hasta el último centavo de los cien mil dólares, antes incluso de que comience con la primera escena del libro.

Willard abrió los ojos como platos.

—¿Por qué? —preguntó, sin poder evitarlo.

—Porque quiero animarle a empezar. Más aún, si el compudrama resulta ser más complicado de lo previsto, si no da resultado, o si el producto final no está a la altura... peor para mí, podrá quedarse con los cien mil. Estoy dispuesto a asumir ese riesgo.

—¿Por qué? ¿Dónde está el truco?

—No hay ningún truco. Apuesto por la inmortalidad. Soy un autor popular, pero nunca he oído que nadie me califique de grande. Lo más probable es que mis libros mueran conmigo. Produzca *Tres en uno* y hágalo bien, quizá así perdure y consiga que mi nombre suene por los siglos de los siglos. —Esbozó una sonrisa cohibida—. O un par de siglos, al menos. Sin embargo...

—Ah —dijo Willard—. Llegamos al quid de la cuestión.

—Bueno, algo así. Tengo un sueño por el que estoy dispuesto a jugarme mucho, pero no soy un memo integral. Le daré los cien mil que le prometí antes de empezar y, si la cosa no funciona, podrá quedarse con ellos, pero el pago será por vía electrónica. Sin embargo, si me entrega un producto que me satisfaga, me rembolsará el obsequio electrónico y yo le haré entrega de los cien mil globodólares en piezas de oro. No tiene nada que perder, salvo que para un artista como usted, el oro debe de ser más dramático y valioso que un puñado de bips en una tarjeta bancaria —concluyó Laborian, con una leve sonrisa.

—Entendido, señor Laborian —dijo Willard—. Yo también estoy dispuesto a correr el riesgo. En mi caso, me arriesgo a invertir una tremenda cantidad de tiempo y esfuerzo que podría dedicar a proyectos más seguros. Me arriesgo a producir un docudrama que sea un fracaso y empañe la reputación que me he labrado con *Lear*. En mi negocio, uno sólo vale lo mismo que su última producción. Lo consultaré con varias personas...

—Con discreción, por favor.

—¡Desde luego! Lo meditaré largo y tendido. Estoy dispuesto a aceptar su propuesta, por ahora, pero no se lo tome como un sí definitivo. Todavía no. Volveremos a hablar.

Jonas Willard y Meg Cathcart se habían citado en el apartamento de esta última para almorzar. Estaban tomando el café cuando Willard, con la visible renuencia de quien aborda un tema porque no le queda otro remedio, preguntó:

—¿Has leído el libro?

—Sí.

—¿Y qué te parece?

—No estoy segura —dijo Cathcart, observándolo entre los mechones de cabello bermellón que le cubrían la frente—. No lo suficiente como para emitir ningún juicio.

—Tampoco a ti te vuelve loca la ciencia-ficción, ¿verdad?

—Bueno, he leído cosas, principalmente de espada y brujería, pero nada como *Tres en uno.* Sí que he oído hablar de Laborian, no obstante. Escribe lo que se denomina ciencia-ficción «dura».

—Ni que lo digas. No sé cómo hincarle el diente. Ese libro, cualesquiera que sean sus virtudes, no es para mí.

Cathcart lo traspasó con la mirada.

—¿A qué te refieres?

—Mira, es fundamental conocer tus propios límites.

—¿Y naciste sabiendo que la ciencia-ficción dura es superior a tus fuerzas?

—Tengo olfato para estas cosas.

—Si tú lo dices. ¿Por qué no piensas en lo que podrías hacer con esos tres personajes sin descripción, qué esperarías subliminalmente de ellos, antes de permitir que tu olfato te diga lo que puedes o no puedes hacer? Por ejemplo, ¿cómo representarías al Parental, quien aparece constantemente representado como un varón a pesar de que es el que da a luz a los niños? Por si te interesa saberlo, me parece una patochada.

—No, no —repuso de inmediato Willard—. Acepto que sea masculino. Laborian podría haberse inventado un tercer pronombre, pero no tendría sentido y a los lectores se les atragantaría. En vez de eso, reservó el término «ella» para la Emocional. Es el personaje principal, radicalmente distinto de los otros dos. Que ella y sólo ella sea femenina consigue centrar la atención del lector sobre su personaje, un efecto completamente premeditado. Es más, también debe acaparar la atención de los espectadores.

—De modo que sí que has estado dándole vueltas. —Cathcart esbozó una sonrisa traviesa—. Si no llego a pincharte, no me habría enterado.

Willard, incómodo, se rebulló en su asiento.

—De hecho, Laborian dijo algo por el estilo, así que no puedo atribuirme todo el mérito creativo en este caso. Pero volvamos al Parental. Quiero hablar de estas cosas contigo porque todo va a depender de la sugestión subliminal, si al final decido enfrentarme a este reto. El Parental es un bloque, un rectángulo.

—En geometría sólida creo que lo llamarían un paralelepípedo recto.

—Venga ya. Me importa un bledo cómo lo llamen en geometría sólida. La cuestión es que no podemos tener un simple bloque. Debemos dotarlo de personalidad. El Parental es un varón que da a luz, por lo que debemos conferirle un carácter epiceno. La voz no puede ser ni muy varonil ni muy femenina. No estoy seguro de saber exactamente qué timbre y sonido necesitamos, pero supongo que la grabadora y yo tendremos que averiguarlo mediante prueba y error. La voz, por supuesto, tampoco lo es todo.

—¿Qué más?

—Los pies. El Parental se mueve, pero en ningún momento se describen sus extremidades. Debe poseer el equivalente a unos brazos, por las cosas que hace. Obtiene una fuente de energía que transmite a la Emocional, así que habrá que diseñar unos brazos reconocibles como tales, en tanto alienígenas. Y nos harán falta piernas. Varias, recias y romas, muy rápidas.

—¿Como las de una oruga? ¿O un ciempiés?

Willard hizo una mueca.

—Qué símiles más desagradables, ¿no te parece?

—Bueno, mi trabajo consistiría en subliminar, si me permites la expresión, un ciempiés, por así decirlo, sin revelarlo. Tan sólo la insinuación de una serie de patas, una doble hilera de paréntesis evanescentes que aparezcan y desaparezcan a modo de leitmotiv visual para el Parental cada vez que entre en escena.

—Ya veo lo que quieres decir. Habrá que probar a ver qué sacamos en claro. El Racional es ovoide. Laborian admitió que podría tener forma de huevo. Nos lo podemos imaginar rodando de un lado a otro, pero me parece completamente inapropiado. El Racional es solemne, se precia de su intelecto. No podemos obligarle a hacer el ridículo, y rodar de acá para allá lo sería.

—Podríamos representarlo con un vientre plano, ligeramente curvado, sobre el que se deslizaría igual que un pingüino patinando con la barriga.

—O como un caracol sobre un charco de aceite. No. Sería un desastre. Había pensado en ponerle tres patas retráctiles. Dicho de otro modo, cuando esté inmóvil, sería un ovoide lustroso y orgulloso, pero para desplazarse extendería tres patas romas con las que podría caminar de un lado a otro.

—¿Por qué tres?

—Concuerda con el tema de la trinidad, los tres sexos, ya sabes. Podría correr dando saltitos. La pata delantera se hunde y se afianza en el suelo, mientras las dos traseras lo impulsan a los costados.

—¿Una mezcla de trípode y canguro?

—¡Sí! ¿Puedes subliminar un canguro?

—Puedo intentarlo.

—La Emocional, claro está, es la más difícil de los tres. ¿Qué puedes hacer con algo que no es más que una nube de gas coherente?

Cathcart se quedó pensativa.

—¿Qué tal la insinuación de unos velos detrás de los cuales no hubiera nada? Ondearían de forma espectral, como mostraste a Lear en la escena de la tormenta. Sería el viento, sería el aire, la representaría con unos velos traslúcidos y vaporosos.

Willard se sintió seducir por la idea.

—Oye, no está mal, Meg. En cuanto al efecto subliminal, ¿serías capaz de producir una Helena de Troya?

—¿Helena de Troya?

—¡Sí! Para el Racional y el Parental, la Emocional es el ser más bello de la creación. Beben los vientos por ella. Se palpa una poderosa atracción sexual, casi insoportable... según su forma de entender el sexo... y debemos conseguir que el público la sienta en sus propios términos. Si lograras insinuar una feminidad griega, escultural, con el cabello trenzado y pliegues de tela... su atuendo encajaría exactamente con los velos que nos imaginamos para la Emocional... que se pareciera a los cuadros y las estatuas con las que todo el mundo está familiarizado, ese sería el leitmotiv de la Emocional.

—No pides tú nada. La menor intromisión de una figura humana echaría a perder el ambiente.

—Nada de figuras humanas intrusas. Tan sólo su insinuación. Es importante. Una figura humana destruiría la atmósfera, cierto, pero habrá que sugerir figuras humanas de principio a fin. El público tiene que pensar en estas criaturas tan extrañas como seres humanos. Sin equivocación posible.

—Pensaré en ello —dijo Cathcart, dubitativa.

—Lo cual nos lleva a otra cuestión. La fusión. El sexo por triplicado de estos seres. Deduzco que se superponen. El libro da a entender que la Emocional es la clave del asunto. El Parental y el Racional no pueden fundirse sin ella. Es el elemento fundamental de todo el proceso. Pero ese cretino de Laborian no lo describe en detalle, por supuesto. Pues bien, no vamos a hacer que el Racional y el Parental se abalancen sobre la Emocional como fieras. Eso aniquilaría el dramatismo de la historia, da igual cómo lo enfoquemos.

—Concuerdo.

—Lo que debemos hacer, por tanto, y esto se me acaba de ocurrir, es conseguir que la Emocional se expanda, que los velos se extiendan y envuelvan, por así decirlo, tanto al Parental como al Racional. Eclipsados por ellos, no veremos qué hacen exactamente, pero se acercarán cada vez más hasta superponerse unos a otros.

—Habrá que hacer hincapié en el tema de los velos —dijo Cathcart—. El proceso de envoltura tendrá que ser lo más delicado posible para que transmita su belleza, y no sólo el erotismo implícito. Habrá que ponerle música.

—La obertura de Romeo y Julieta no, por favor. Un vals acompasado, tal vez, porque la fusión lleva tiempo. Nada demasiado famoso. No quiero que el público se ponga a tararearlo. De hecho, lo mejor sería que suene de forma fragmentada, para que los espectadores sólo perciban la insinuación de un vals, más que escucharlo realmente.

—No sabremos cómo hacerlo hasta que probemos a ver qué funciona.

—Todo lo que te cuento ahora es un primer boceto que habrá que modificar de un modo u otro en función de cómo se desarrollen los hechos. ¿Y qué pasa con el orgasmo? Tendremos que representarlo de alguna forma.

—Colores.

—Hmm.

—Mejor que con sonidos, Jonas. No vamos a poner una explosión. Tampoco me apetece que haya una erupción. Colores. Colores mudos. Eso podría servir.

—¿Qué colores? No vamos a generar un destello cegador.

—No. Podrías probar con un rosa delicado que se oscurezca paulatinamente hasta que, al final, culmine en un rojo intensísimo.

—No me convence. Habrá que ver cómo queda. Tiene que ser inconfundible y conmovedor, pero sin que al público le dé la risa floja o vergüenza ajena. Nos veo recorriendo todos los colores del espectro para, al final, descubrir que dependerá de lo que hagas subliminalmente. Lo cual nos lleva a las triadas.

—¿Las qué?

—Ya sabes. Después de la fusión definitiva, la superposición adquiere un carácter permanente y se obtiene una forma adulta que es la suma de los tres componentes. Creo que ahí tendremos que hacerlos más humanos. No del todo humanos, claro, tan sólo más humanos. Una tenue insinuación de forma humana, pero tampoco algo meramente subliminal. Necesitaremos una voz que sea reminiscente de los tres, de alguna manera, y no sé cómo se las va a apañar la grabadora. Por suerte, las triadas no tienen mucho protagonismo en la historia.

Willard sacudió la cabeza.

—Lo que nos lleva a la peliaguda cuestión de que este compudrama quizá ni siquiera sea posible, después de todo.

—¿Por qué no? Yo diría que has ofrecido soluciones en potencia para todo tipo de problemas.

—Pero no para la parte fundamental. Mira. En *El rey Lear* teníamos personajes humanos, más que personajes humanos. Teníamos emociones desgarradoras. ¿Qué tenemos aquí? Cubos, óvalos y velos. Explícame en qué se diferencia *Tres en uno* de una película de dibujos animados cualquiera.

—Para empezar, los dibujos animados son bidimensionales. Aun con las técnicas de animación más avanzadas siguen siendo planos, los colores carecen de tonos. Son invariablemente satíricos...

—Todo eso ya lo sé. No hace falta que me lo expliques. Estás pasando por alto el quid de la cuestión. Lo que tienen los compudramas, aquello de lo que carecen los meros dibujos animados, son sugestiones subliminales que sólo pueden surgir de un ordenador complejo a las órdenes de una imaginación portentosa. Lo que tienen mis compudramas y no los dibujos animados eres tú, Meg.

—Vaya, estaba siendo modesta.

—Pues no lo seas. Lo que intento explicarte es que todo... absolutamente todo... va a depender de ti. Tenemos entre manos una historia completamente seria. Nuestra Emocional va a intentar salvar a la Tierra por puro idealismo, no es su mundo. No lo consigue, ni lo conseguirá tampoco en mi versión. Nada de ramplones finales felices.

—La Tierra no acaba siendo destruida, exactamente.

—No, en efecto. Aún habrá tiempo de salvarla si Laborian se anima a escribir una secuela, pero en esta historia, todos los intentos fracasan. Es una tragedia y quiero tratarla como tal; será tan trágica como la historia de *Lear.* Sin vocecitas raras, ni acciones absurdas, ni pinceladas satíricas. Seria. Seria. Seria. Y dependo de ti para conseguirlo. Serás tú la que se asegure de que el público reacciona ante el Racional, la Emocional y el Parental como si de seres humanos se tratara. Todas sus peculiaridades deberán evaporarse para que puedan resultar reconocibles como seres inteligentes a la altura de la humanidad, cuando no más avanzados. ¿Puedes hacerlo?

—Me da la impresión de que vas a insistir en que sí —dijo secamente Cathcart.

—Insisto.

—Entonces será mejor que te encargues de que el proyecto

eche a rodar y me dejes en paz mientras tanto. Necesito tiempo para reflexionar. Mucho tiempo.

Los primeros días de rodaje fueron un desastre sin parangón. Todos los integrantes del equipo tenían su ejemplar de la novela, recortada con esmero, con precisión casi quirúrgica, pero sin omitir ninguna escena por completo.

—Vamos a atenernos a la trama al máximo, y la mejoraremos sobre la marcha en la medida de nuestras posibilidades —había anunciado Willard, con confianza—. Lo primero que haremos será echar un vistazo a las triadas.

Se giró hacia el operador principal de las grabadoras.

—¿Cómo va eso?

—He intentado fundir las tres voces.

—Oigámoslo. Venga, todo el mundo, silencio.

—Pondré primero el Parental —dijo el grabador. Sonó una voz de tenor, atiplada, discordante con la figura maciza que había producido el encargado de las imágenes. Willard torció ligeramente el gesto ante la contradicción, pero el Parental era contradictorio: una madre masculina. El Racional, meciéndose lentamente adelante y atrás, poseía una voz prepotente, exagerada su enunciación, con un ligero timbre barítono.

—Menos balanceos para el Racional —dijo Willard—. No queremos que el público se maree. Que se meza cuando esté sumido en sus pensamientos, no todo el rato.

A continuación inclinó la cabeza hacia los velos de Dua, los cuales parecían bastante logrados, al igual que su voz de soprano, nítida e infinitamente dulce.

—No debe gritar nunca —dijo con severidad Willard—, ni siquiera en un arrebato de pasión.

—No lo hará —le aseguró el grabador—. El truco, sin embargo, está en mezclar las voces para la triada y conseguir que todas sigan siendo identificables.

Las tres voces resonaron suavemente, ininteligibles sus palabras. Fue como si se fusionaran unas con otras, hasta que los enunciados de la voz resultante se volvieron comprensibles.

Willard sacudió la cabeza al instante, decepcionado.

—No, eso no servirá en absoluto. No podemos tener tres voces en una especie de collage íntimo. Convertiríamos a la triada en una parodia. Necesitamos una sola voz que de alguna manera sugiera las tres.

El grabador se mostró visiblemente ofendido.

—Eso es fácil decirlo. ¿Cómo sugieres que lo hagamos?

—Mi sugerencia —replicó con brutalidad Willard— es que lo hagas tú. Te avisaré cuando lo consigas. Y Cathcart... ¿Dónde está Cathcart?

—Aquí —dijo ésta, saliendo de detrás de sus instrumentos—. Donde se supone que tengo que estar.

—No me gusta la subliminación, Cathcart. Deduzco que intentabas reproducir el efecto de unas circunvoluciones cerebrales.

—Por la inteligencia. Las triadas representan el culmen del intelecto de estos alienígenas.

—Sí, lo entiendo, pero lo que has conseguido es reproducir el efecto de unos gusanos. Tendrás que idear otra cosa. Y tampoco me gusta la apariencia de la triada. Parece un Racional gigante.

—Es un Racional gigante —protestó uno de los grafistas.

—¿Lo describen así en el libro? —preguntó Willard, con aspereza.

—No con esas palabras, pero la impresión que me da...

—La impresión que te dé me trae sin cuidado. Yo tomo las decisiones.

El humor de Willard no hizo sino empeorar a medida que se desarrollaba la jornada. Al menos en dos ocasiones tuvo problemas para controlar su genio, produciéndose la segunda de ellas cuando quiso la casualidad que se fijara en alguien que asistía al rodaje desde un rincón al filo del plató.

Se encaminó hacia el intruso con paso airado.

—¿Y usted qué hace aquí?

—Observar —fue la plácida respuesta de Laborian.

—Nuestro contrato estipula...

—Que no debo interferir con el rodaje de ninguna manera. No dice que no pueda observar en silencio.

—Se arrepentirá como lo haga. Así funciona la preparación de un compudrama. Hay que sortear muchos obstáculos, y la presencia y la desaprobación del autor podrían ser perjudiciales para la compañía.

—No desapruebo nada. Sólo estoy aquí para responder a todas las preguntas que quieran hacerme.

—¿Preguntas? ¿Qué clase de preguntas?

Laborian se encogió de hombros.

—No lo sé. Quizá les desconcierte algo y quieran alguna sugerencia.

—Ya veo —respondió Willard, con pesado sarcasmo—, para poder enseñarme a hacer mi trabajo.

—No, para responder a sus preguntas.

—Bueno, pues tengo una.

—Muy bien. —Laborian sacó una grabadora portátil—. Trato hecho, si tiene la bondad de hablar para este aparato y declarar que quiere hacerme una pregunta y que desea que yo la responda sin que eso afecte al contrato.

Willard guardó silencio durante largo rato, mirando fijamente a Laborian como si sospechara que éste pretendía engañarlo de alguna manera, antes de dirigirse a la grabadora.

—De acuerdo —dijo Laborian—. ¿Cuál es su pregunta?

—¿Tenía algo en mente para la aparición de la triada en el libro?

—Nada en absoluto —contestó jovialmente Laborian.

—¿Cómo es posible? —La voz de Willard temblaba como si le hubiera costado un esfuerzo tremendo contenerse para no rematar su pregunta con un «imbécil».

—Muy sencillo. Los lectores suplirán con su imaginación todas aquellas descripciones que yo omita. Supongo que cada lector lo hará a su manera. Ésa es la ventaja de la literatura. Puede que los compudramas tengan un público mucho más numeroso que los libros, pero el precio por ello es tener que representarlo todo con imágenes.

—Lo entiendo —dijo Willard—. Era una pregunta absurda.

—En absoluto. Le sugiero una cosa.

—¿El qué?

—Una cabeza. Dele una cabeza a la triada. El Parental carece de ella, al igual que el Racional y la Emocional, pero los tres consideran que las triadas son unas criaturas intelectualmente superiores a ellos. Ésa es la principal diferencia entre las triadas y los tres Separados. La inteligencia.

—¿Una cabeza?

—Sí. Asociamos la inteligencia a la cabeza. La cabeza contiene el cerebro, contiene los órganos sensores. Omita la cabeza y no podremos creer en la inteligencia. Las ostras o las almejas sin cabeza son moluscos que no nos parecen más inteligentes que una brizna de hierba, pero su familiar el pulpo, también un molusco, es aceptado como posiblemente inteligente porque tiene cabeza... y ojos. Dote de ojos también a las triadas.

El trabajo, por supuesto, se había interrumpido en el plató. Todo el mundo se había congregado tan cerca como dictaba la prudencia para escuchar la conversación entre el director y el autor.

—¿Qué tipo de cabeza? —preguntó Willard.

—Lo dejo a su elección. Sólo necesita algo abultado que sugiera ser una cabeza. Y ojos. El espectador debe captar la idea.

Willard giró sobre los talones y exclamó:

—¡Vamos, volved a vuestros puestos! ¿Quién os ha dado vacaciones? ¿Dónde están los grafistas? ¡A las máquinas, empezad a diseñar cabezas!

Se encaró de nuevo con Laborian y, malhumorado, dijo:

—Gracias.

—No me las dé antes de ver si funciona —repuso Laborian, encogiéndose de hombros.

El resto de la jornada transcurrió probando cabezas, buscando que no pareciera ni un tubérculo absurdo ni un remedo falto de imaginación de la cabeza humana, unos ojos que no fueran ni círculos de asombro ni rendijas amenazadoras. Al cabo, Willard ordenó parar y gruñó:

—Seguiremos intentándolo mañana. Si a alguien se le ocurre alguna idea genial esta noche, avisad a Meg Cathcart. Ella me hará llegar todas las sugerencias que considere dignas de tener en consideración. —Refunfuñando con irritación, añadió—: Sospecho que no va a decirme ni mu.

Willard acertaba y se equivocaba al mismo tiempo. Acertaba, porque nadie le transmitió ninguna idea genial, pero también se equivocaba, porque se le ocurrió una a él solito.

—Escucha —le dijo a Cathcart—, ¿puedes simular una chistera?

—¿Una qué?

—La clase de sombrero que se estilaba en la época victoriana. Mira, cuando el Parental invade la guarida de las triadas para robar una fuente de energía, su aspecto no es particularmente impresionante, pero me dijiste que podías producir la sensación de un yelmo y una línea larga que sugeriría una lanza. Será un caballero con una misión.

—Sí, ya lo sé —dijo Cathcart—, pero puede que no dé resultado. Tendremos que probarlo antes.

—Desde luego, aunque eso nos sugiere la dirección a seguir. Si generas la insinuación de un sombrero de copa, dará la impresión de que la triada pertenece a la aristocracia. La forma exacta de la cabeza y los ojos se vuelve menos crucial en ese caso. ¿Es posible?

—Todo es posible. La pregunta es: ¿funcionará?

—Lo intentaremos.

De ese modo, una cosa condujo a otra. La sugestión del sombrero de copa llevó al operador de la grabadora a decir:

—¿Por qué no le ponemos un acento británico a la triada?

La idea pilló desprevenido a Willard.

—¿Por qué?

—Bueno, el dialecto británico contiene más entonaciones que el nuestro. Entre las clases altas, al menos. La versión americana del inglés tiende a ser algo monótona, y lo mismo podría decirse de los Separados. Si la triada hablara inglés británico en vez de inglés americano, su voz podría subir y bajar con las palabras... tenor, barítono e incluso algún gritito ocasional de soprano. Eso es lo que querríamos indicar con las tres voces que integran la suya.

—¿Puedes hacer eso? —preguntó Willard.

—Creo que sí.

—En tal caso, lo intentaremos. No está mal... si funciona.

Resultaba interesante ver cómo todo el equipo terminó concentrándose en la Emocional.

La escena en particular donde la Emocional huía por la faz del planeta, donde tenía su breve trifulca con las demás Emocionales, los conmovía a todos.

—Ésta va a ser una de las escenas más dramáticas —dijo tensamente Willard—. Seremos tan genéricos como podamos. Habrá velos, velos y más velos, pero no deben enredarse unos con otros. Cada uno tiene que ser distinto. Incluso cuando las Emocionales carguen sobre el público, quiero que cada juego de velos ofrezca su propio tono de blanco. Y quiero que el velo de Dua sea diferente de todos los demás. Quiero que reluzca ligeramente, tan sólo para que resalte, porque es «nuestra» Emocional. ¿Entendido?

—Entendido —dijo el grafista en jefe—. Nos las apañaremos.

—Y otra cosa. Todas las demás Emocionales trinan. Son aves. Nuestra Emocional no, y desprecia al resto porque es más inteligente que ellas y lo sabe. Y cuando huya... —Se quedó pensativo—. ¿Podemos apartarnos de alguna manera de *La cabalgata de las valquirias*?

—No queremos —se apresuró a responder el encargado de sonido—. Jamás se ha escrito nada más adecuado para ese propósito.

—Ya —dijo Cathcart—, pero sólo vamos a reproducir algunos fragmentos de vez en cuando. Escuchar unos cuantos compases surtirá el mismo efecto que todo el conjunto, y puedo añadir el atisbo de crines al viento.

—¿Crines? —preguntó Willard, dubitativo.

—Por supuesto. Tres mil años de experiencia con caballos nos enseñan que un corcel al galope es el epítome de la velocidad. Todos nuestros ingenios mecánicos son demasiado estáticos, por deprisa que vayan. Y puedo arreglarlo para que las crines hagan juego, enfaticen y subrayen el ondear de los velos.

—Suena bien. Le daremos una oportunidad.

Willard sabía cuál iba a ser el último escollo. La fusión final. Congregó a todo el equipo para aleccionarlos, en parte para cerciorarse de que ya sabían lo que estaban haciendo, en parte para aplazar la hora de la verdad, cuando tendrían que intentar plasmarlo todo con sonidos, imágenes y efectos subliminales.

—Bueno —empezó—, a la Emocional le interesa salvar el otro planeta... la Tierra... únicamente porque no soporta la idea de la destrucción sin sentido de otros seres inteligentes. Sabe que las triadas están realizando un proyecto científico necesario para el bienestar de su mundo, sin importarles el peligro que corran los alienígenas... nosotros.

»Intenta advertir al mundo alienígena y fracasa. Descubre, al final, que la finalidad última de la fusión es producir un nuevo juego de Racional, Emocional y Parental, y que, una vez hecho eso, la fusión del conjunto original da lugar a una triada. ¿Entendido? Es una suerte de forma larvaria de los Separados y una versión adulta de los triples.

»Pero la Emocional no quiere fundirse. No quiere producir una nueva generación. Más que nada, no quiere convertirse en una triada y participar en lo que considera su labor de destrucción. No obstante, la engañan para que se fusione y descubre demasiado tarde que va a ser, no una triada cualquiera, sino aquélla que será, más que ninguna otra, responsable del proyecto científico que culminará con la destrucción del otro planeta.

»Todo esto Laborian podía describirlo con palabras, palabras y más palabras, en su libro, pero nosotros debemos hacerlo inmediatamente y con contundencia, con imágenes y efectos subliminales. Eso es lo que vamos a intentar ahora.

Dedicaron tres días a los ensayos antes de que Willard se diera por satisfecho.

La Emocional recelosa, insegura, extendiéndose hacia fuera, con la subliminación de Cathcart proyectando una vacilación insinuada. El Racional y el Parental entremezclados y solapándose, más deprisa que en ocasiones anteriores, apresurándose a superponerse antes de que pudieran detenerlos, y la Emocional comprendiendo demasiado tarde el significado de todo ello, debatiéndose, forcejeando...

Fracasando. La abrumadora sensación de fracaso cuando una nueva triada surgió de la superposición, más humana en apariencia que ningún otro de los protagonistas del compudrama; orgulloso, indiferente.

El experimento científico seguiría su curso. La Tierra continuaría precipitándose hacia su destrucción.

Y de alguna manera esto era todo, ésta era la máxima expresión de las intenciones de Willard, mostrar que incluso dentro de la triada la Emocional todavía existía en parte. Una insinuación de velos evanescentes, y el espectador sabría que la derrota no había sido definitiva, después de todo.

De un modo u otro, la Emocional volvería a intentarlo, aun perdida como estaba en el seno de un ser superior.

Vieron el compudrama completo, todos juntos, por vez primera en su conjunto y no como una recopilación de fragmentos, preguntándose si había partes que retocar o reordenar. (Ahora no, pensó Willard, ahora no. Luego, cuando él se hubiera recuperado y pudiera ser más objetivo.)

Se dejó caer en la silla, derrengado. Se había implicado demasiado en el proyecto. Le parecía que contenía todo cuanto quería que contuviera, que satisfacía todas las metas que se había marcado, pero, ¿hasta qué punto era todo meras ilusiones suyas?

Cuando acabó, cuando se apagó el último grito trémulo, subliminal, de la Emocional derrotada pero no por completo, dijo:

—Bien.

—Es casi tan bueno como tu *Lear*, Jonas —dijo Cathcart.

Se produjo un murmullo generalizado de asentimiento, y Willard lanzó una mirada escéptica a su alrededor. ¿No era eso lo que esperaba que dijesen, pasara lo que pasara?

Sus ojos se encontraron con los de Gregory Laborian. El escritor, impertérrito, no dijo nada.

Willard apretó los labios. Allí al menos podía esperar una opinión que valdría su peso en oro, o no. Willard tenía sus cien mil. Ahora descubriría si iban a permanecer en estado electrónico.

Sus propias reservas imprimieron un timbre imperioso a su voz cuando dijo:

—Laborian. Quiero verlo en mi despacho.

Era la primera vez que volvían a verse a solas desde antes de que comenzara el rodaje del compudrama.

—¿Y bien? —dijo Willard—. ¿Qué le parece, señor Laborian?

Laborian sonrió.

—La encargada de los fondos subliminales le ha dicho que era casi tan bueno como su *Lear*, señor Willard.

—La he oído.

—Se equivocaba.

—¿En su opinión?

—Sí. Mi opinión es la que cuenta en estos momentos. Se equivocaba de medio a medio. Su *Tres en uno* es muy superior a su *Lear.*

—¿Superior? —Una sonrisa se enmarcó en las agotadas facciones de Willard.

—Con diferencia. Piense en el material del que disponía cuando hizo *El rey Lear.* Tenía a William Shakespeare produciendo palabras que resonaban, que eran música por sí solas. William Shakespeare, produciendo unos personajes que, para bien o para mal, fuertes o débiles, taimados o estúpidos, leales o traidores, eran todos más grandes que la vida. William Shakespeare, controlando dos tramas superpuestas que se refuerzan mutuamente para poner de rodillas al espectador.

»¿Cuál fue su contribución a *Lear*? Añadió unas dimensiones para las que Shakespeare carecía de los conocimientos técnicos necesarios, con las que ni siquiera podía soñar, pero aun la tecnología más avanzada, todos sus empleados y su propio talento hubieron de conformarse con inspirarse en el mayor genio literario de todos los tiempos en la cumbre de sus facultades.

»Pero con *Tres en uno,* señor Willard, usted ha tenido que trabajar con mis palabras, carentes de melodía; con mis personajes, alejados de la grandeza, con mi trama, incapaz de conmover a nadie. Ha tenido que vérselas conmigo, un escritor corriente, y ha producido algo sensacional, algo que será recordado mucho después de mi muerte. Al menos uno de mis libros pervivirá gracias a usted.

»Devuélvame los cien mil globodólares electrónicos, señor Willard, y yo le daré esto.

Los cien mil fluctuaron de una tarjeta bancaria a otra y, no sin esfuerzo, Laborian dejó su grueso maletín encima de la mesa y lo abrió. De él extrajo una caja, cerrada con un pequeño gancho. Lo soltó con cuidado y abrió la tapa. Dentro rutilaban las piezas de oro, cada una de ellas marcada con el planeta Tierra, el hemisferio occidental en una cara, el oriental en la otra. Grandes monedas de oro, doscientas de ellas, cada una por valor de quinientos globodólares.

Willard, impresionado, cogió una de las piezas de oro. Pesaba unos treinta y cinco gramos. La lanzó al aire y volvió a atraparla.

—Preciosas —dijo.

—Son suyas, señor Willard —dijo Laborian—. Gracias por dirigir este compudrama. Vale hasta el último gramo de ese oro.

Willard, con la mirada fija en las monedas, dijo:

—Me empujó a adaptar su libro con la promesa de este oro. A fin de conseguirlo, forcé mi talento hasta el límite. Se lo agradezco, y le doy la razón. Ha valido hasta el último gramo de este oro.

Guardó la moneda de nuevo en la caja y la cerró. A continuación, la levantó de encima de la mesa y se la devolvió a Laborian.

Índice

Cal 7

De izquierda a derecha 45

Frustración 49

Alucinación 53

La inestabilidad 77

Alexander el Dios 81

En el Cañón 89

Adiós a la Tierra 93

Himno de batalla 99

Feghoot y los tribunales 103

Intolerancia a las faltas 105

El hermanito 113

Las naciones en el espacio 123

La sonrisa del chipper 127

Oro 131